capa, ilustração e projeto gráfico **FREDE TIZZOT**

encadernação **LABORATÓRIO GRÁFICO ARTE & LETRA**

---

C 533
Chico, Hermelindo Silvano
Raízes de liberdade : contos de resistência e união / Hermelindo Silvano Chico. – Curitiba : Arte & Letra, 2025.

224 p.

ISBN 978-85-7162-016-2

1. Contos angolanos     I. Título

                                      CDD    A869.3

---

Índice para catálogo sistemático:
1. Ficção : Contos angolanos     A869.3
Catalogação na Fonte
Bibliotecária responsável: Ana Lúcia Merege - CRB-7 4667

## arte & letra
Curitiba - PR - Brasil
(41) 3223-5302
www.arteeletra.com.br - contato@arteeletra.com.br

Hermelindo Silvano Chico

# RAÍZES DE LIBERDADE
## CONTOS DE RESISTÊNCIA E UNIÃO

164

Curitiba
2025

À memória viva dos ancestrais,
que plantaram as raízes da liberdade e nutriram,
com resistência e união,
o solo fértil de nossas histórias.

# PREFÁCIO

**Prefácio do autor**..................................................11

**As raízes que me levam a escrever**........................15

**Parte um: Raízes e Fundamentos da Resistência**
**1. A Canção das Raízes**
A celebração da África antes da colonização..........................23
**2. A Espiral do Indizível**
Visão cósmica e espiritual africana sobre o tempo.................30
**3. O Véu do Infinito**
A origem primordial da existência,
simbolizada pela pele negra......................................39
**4. O Coração da Terra**
A relação intrínseca com a terra
e a sabedoria africana do Ubuntu...............................45
**5. Entre Pachamama e Ubuntu: O Abraço da Terra**
Conexão espiritual e ancestral
entre os povos africanos e andinos..........................52

**Parte dois: A Chegada da Opressão**
**6. Os Três Ventos de Kimbala**
A chegada dos missionários, mercadores
e militares europeus....................................59
**7. O Fogo da Alma**
Resistência espiritual de Kimpa Vita,
contra a imposição do cristianismo.........................68

**8. O Coração da Resistência**
Candances: Mulheres africanas
como pilares de resistência e preservação cultural..............76
**9. O Livro do Vento e das Sombras**
Simão Kimbangu e a resistência espiritual
no século XX..................................................................83
**10. O Guardião dos Domínios Invisíveis**
Crítica à ideia de propriedade e à transformação
da relação com a terra....................................................90

**Parte três: O Peso das Memórias Coloniais:**
**O Corpo, a Alma e o Silêncio**
**11. O Espelho que Não Divide**
Divisões impostas por sistemas de poder e opressão..........95
**12. O Peso da Cor no Espelho do Tempo**
Reflexão sobre o impacto da discriminação racial..............99
**13. O Espetáculo da Carne**
Uma reflexão sobre a objetificação da mulher negra e a luta
pela restauração da sua dignidade e identidade................102
**14. O Homem Que Era uma Jaula**
A exploração e desumanização do homem africano..........107
**15. As Filhas do Vento e da Terra**
A força invisível da mulher negra......................................111
**16. A Justiça Queimou o Véu**
A luta da Justiça contra a opressão das mulheres..............114
**17. Maria das Dores e a Régua do Destino**
Crítica à violência educacional colonial
e à opressão nas instituições............................................118

**Parte quatro: Diáspora e as Marcas do Passado**
**18. A Terra Não É Só O Solo Que Pisamos**
A resistência da diáspora africana
e a reinvenção de uma nova "terra"..........................................123
**19. O Peso do Olhar**
A luta silenciosa contra os olhares desumanizadores
e a busca por dignidade..........................................128
**20. O Império do Silêncio: Uma Epopeia da Deseducação**
A desconexão dos negros da diáspora
com suas raízes africanas..........................................138

**Parte cinco:**
**Saberes e Conflitos nos Caminhos do Tempo**
**21. A Areia do Tempo**
A importância de aprender com o passado
para transformar o presente..........................................149
**22. O Jango e a Tala: A Justiça que Não se Vê**
A dualidade entre a justiça formal
e a justiça tradicional espiritual..........................................152
**23. Talas: O Lamento das Estrelas**
Conflito entre medicina tradicional e medicina moderna,
e a busca pelo equilíbrio..........................................157
**24. Entre a Razão e o Canto da Terra**
O equilíbrio entre a racionalidade moderna
e a sabedoria ancestral..........................................165
**25. O Intelectual e o Analfabeto:**
**Um Encontro entre Mundos**
Tensão entre o conhecimento formal
e a sabedoria prática das comunidades..........................................169

**26. O Coração de Amadu**
A luta interna entre o legado ancestral
e a modernidade..................................................................176

**Parte seis: A Liberdade entre Sombras e Pertencimento**
**27. O Banquete das Correntes**
Crítica ao modelo de independência que não resolve
as contradições internas e a exploração...............................181
**28. A Música da Grade e a Luz do Imaginário**
Os limites invisíveis das convenções sociais
e a busca por liberdade.........................................................185
**29. A Essência da Liberdade**
A liberdade sob diferentes perspectivas culturais
e de gênero............................................................................190
**30. A Tecer de Infinitos**
A liberdade surge quando os laços de comunidade são
baseados em conexão e cuidado, não em posse..................200
**31. O Livro Escrito em Sangue**
A reparação da dor histórica e a reescrita do futuro
com uma nova consciência...................................................204

**Epílogo**..................................................................209

**Agradecimentos**.................................................211

**Glossário**.............................................................215

**Sobre o autor**......................................................223

## PREFÁCIO DO AUTOR

No silêncio da terra, onde o tempo repousa como um viajante cansado, existem raízes que não podem ser cortadas. Elas são antigas, tão antigas quanto o primeiro suspiro do vento sobre a savana, tão profundas quanto o olhar de quem carrega séculos de história em sua pele. Essas raízes, invisíveis a olho nu, são os alicerces da liberdade que pulsa em cada um de nós.

"Raízes de Liberdade: Contos de Resistência e União" é um convite para descer às profundezas desse solo fértil, onde cada grão de areia guarda uma memória, uma voz, uma vida. Aqui, as palavras são mais que letras; são sementes lançadas ao vento, germinando histórias que não apenas emocionam, mas libertam.

Ao virar as páginas deste livro, você não encontrará apenas contos. Encontrará cantos. Cânticos de luta, de saudade, de celebração. Encontrará ecos de batuques que nunca se calaram, mesmo quando as correntes tentaram abafar sua força. Encontrará as marcas de pés que dançaram na terra vermelha da África, e que, mesmo arrancados de suas origens, continuaram a marchar com dignidade pelas estradas do mundo.

A liberdade, neste livro, não é um conceito abstrato. É uma chama que queima, às vezes suave como o crepitar de uma fogueira noturna, às vezes intensa como o fogo que consome, purifica e renasce. É o espírito de mulheres que, mesmo sob o peso da opressão, mantiveram-se eretas, com olhos fixos no horizonte. É o cântico dos povos tradicionais e indígenas, das populações negras, que transformaram a dor em poesia e a perda em resistência. É a celebração dos que amam livremente, tecendo laços de afeto e coragem, desafiando preconceitos e iluminando o mundo com a força do amor. É a voz da natureza que clama, das florestas que sussurram esperança, dos rios que levam consigo a memória dos tempos, e do vento que carrega a força da renovação.

Cada conto é uma viagem por terras onde o passado encontra o presente em um abraço eterno. É uma jornada que começa no coração do continente africano, onde os primeiros homens e mulheres moldaram a essência do que significa ser humano. É uma celebração da diáspora, das mãos que construíram novos mundos sem jamais esquecerem o calor do antigo lar.

E há magia nestas histórias. Não a magia dos contos de fadas ocidentais, mas a magia que corre nas veias do povo africano e seus descendentes. A magia de quem transforma o sofrimento em arte, a dor em força, o esquecimento em memória viva. A magia de quem dança com a chuva, de quem conversa com os ancestrais, de quem enxerga no mundo mais do que aquilo que os olhos alcançam.

Ao ler este livro, você será conduzido por vozes que falam baixinho e gritam, que encantam e desafiam. Vozes que, como raízes, se entrelaçam em uma rede de solidariedade e unidade, lembrando-nos de que não estamos sozinhos em nossas lutas. Cada conto é uma árvore que brota dessas raízes, oferecendo sombra para os cansados, frutos para os famintos e inspiração para os sonhadores.

E, no fundo, o que são raízes senão a ligação entre o invisível e o tangível, entre o que está oculto sob a terra e o que floresce à luz do dia? Este livro é essa ponte, esse elo que nos conecta ao que fomos, ao que somos e ao que podemos ser.

Permita que essas histórias penetrem em sua alma como chuva que nutre o solo seco. Permita que as palavras que aqui repousam toquem as cordas do seu espírito, fazendo-as vibrar em harmonia com o pulsar da humanidade. Porque, afinal, as raízes da liberdade não são apenas nossas: elas pertencem a todos que ousam sonhar com um mundo mais justo e unido.

Boas-vindas a este território sagrado de memória, resistência e esperança. Boas-vindas às "Raízes de Liberdade".

# AS RAÍZES QUE ME LEVAM A ESCREVER

Escrever este livro é semear um campo onde as palavras florescem como árvores antigas, carregadas de histórias, sombras e frutos. As páginas que aqui se entrecruzam nasceram do meu caminhar entre o saber ancestral e as estradas da modernidade, na tentativa de resgatar vozes enterradas pelo tempo, silenciadas pela força, mas que ecoam, ainda vivas, no coração da resistência. Este trabalho é fruto de uma inquietação que me acompanha há tempos: a de ver o conhecimento enclausurado em torres de marfim, isolado daqueles para quem mais importa.

Minha jornada acadêmica desdobrou-se como um mergulho no profundo oceano da filosofia africana, iluminada pela chama do Ubuntu. Ali, no âmago dessa filosofia que proclama "eu sou porque nós somos", descobri uma verdade essencial: não há libertação sem comunhão, não há aprendizado sem partilha, não há raiz que sobreviva sozinha. Assim, enquanto desenvolvia minha tese — um paradigma socioambiental africano construído sobre as fundações do Ubuntu —, percebi que o saber, se não atravessa fronteiras, transforma-se em areia entre os dedos, sem impacto, sem fruto.

E foi dessa consciência que brotou a necessidade de traduzir a aridez das palavras técnicas em narrativas que tocassem almas, em contos que carregassem o peso da história e a leveza da poesia. É um ato de aproximação, uma ponte entre o rigor acadêmico e o encantamento popular, um caminho onde aqueles que não têm acesso às universidades possam, ainda assim, encontrar o saber em sua forma mais humana e visceral.

Mas há outra raiz, um eco que me acompanha desde que deixei Angola e vim morar no Brasil. Lembro-me como se fosse ontem da primeira vez que alguém me perguntou, com os olhos brilhando de curiosidade genuína (ou seria ignorância sincera?):

— Ei, lá na África vocês dormem com leão?

Respirei fundo, entre a perplexidade e a vontade de rir. Antes que eu pudesse responder, outra pergunta veio como um golpe certeiro:

— Lá vocês moram em árvores?

Sorri, tentando decidir se aquilo era uma brincadeira ou se o mundo havia mesmo reduzido um continente inteiro a um estereótipo cinematográfico. Resolvi devolver a pergunta com um sorriso enigmático:

— Claro! Cada família tem sua árvore personalizada, com vista para a savana e estacionamento de zebras na entrada.

Não satisfeitos, seguiram com:

— Mas como você chegou aqui no Brasil? Lá tem avião?

Respirei fundo, olhei nos olhos da pessoa, e respondi, sério:

— Vim nadando. Levei dois meses, com paradas estratégicas em tartarugas para descansar. E quando o vento ajudava, eu pegava carona em ondas. Meu segredo? Muito óleo de coco para hidratar durante a travessia.

As perguntas continuavam:

— Lá na África tem cidades? Ou é só mato?

Fiquei pensativo, como quem busca paciência no cosmos, e disse:

— Só mato. Inclusive, nossas reuniões são todas embaixo de árvores, com leões como mediadores. Se você nunca fez uma conferência com girafas no horizonte, não sabe o que é infraestrutura.

Eles riram. Eu também. Mas, por dentro, sentia o peso daquela visão deturpada.

Ainda assim, os absurdos não pararam por aí. Certa vez, um colega na universidade, após conversarmos por mais de meia hora, me olhou com um ar confuso e soltou:

— Mas você fala português?

Eu, já acostumado com o choque cultural, apenas respondi:

— Não, a gente está se comunicando por telepatia.

Em sala de aula, fui obrigado a fazer prova de língua portuguesa, como se meu sotaque automaticamente invalidasse minha capacidade de escrever em uma língua que, pasmem, é oficial no meu país. Professores doutores, muitos deles formados em História, chegaram a perguntar:

— Em Angola, vocês falam africano, né?

E não era qualquer professor. Era um especialista em "História Africana". Sim, formado em História Africana, mas que nunca pisou em solo africano e que, ao que parece, acredita que a África é um só bloco homogêneo onde todos vivem numa mesma aldeia compartilhando um único dialeto inexistente.

A confusão é generalizada. Em uma universidade com alunos de várias nacionalidades, vi colegas de outros países serem chamados por seus gentílicos — "o espanhol", "o português", "o colombiano". E eu? "O africano." Como se África fosse um país e eu, por extensão, o representante único de um bilhão de pessoas.

Os absurdos não pararam por aí. Em um momento curioso, uma vizinha passou a me convidar constantemente para comer em sua casa. No início, achei um gesto de pura gentileza. Até o dia em que ouvi, sem querer, ela explicando para outra pessoa:

— Coitado, ele é africano. Lá eles não comem. Eles passam fome, são esfomeados. Tem que alimentar aqui.

A palavra "esfomeado" ressoou como um tapa. Não era só ignorância; era a internalização de uma narrativa colonial que reduz a África a um continente de miséria e fome. No entanto, aquela mesma narrativa convenientemente ignora que essa fome, essa miséria, têm raízes profundas nas mãos das mesmas potências ocidentais que tantos aqui idolatram. Alemanha, Bélgica, Estados Unidos, França, Inglaterra, Portugal — países que frequentemente são exaltados como o auge da civilização — carregam o sangue da exploração africana em suas mãos, mas isso raramente entra nas conversas.

Certa vez, um motorista de aplicativo me perguntou:

— Lá na África vocês passam quantos dias sem comer?

Com a paciência já desgastada, respondi:

— Depende do cardápio. Às vezes, preferimos só fruta, outras vezes vamos direto para os banquetes com o leão.

Houve até quem dissesse:

— Eu vi na televisão que vocês lavam a boca com o dedo. É verdade?

E minha vontade era de responder:

— Claro, escova de dente é luxo de filme europeu.

Agora, imagine o espanto quando perguntaram:

— Lá na África, vocês usam roupas? Ou só folha mesmo?

Eu olhei com a calma de quem já ouviu isso vezes demais e disse:

— Só folhas, claro. Aliás, temos grifes especializadas! Tem folha de bananeira para o verão, folha de baobá para eventos formais, e uma edição limitada de folhas secas para o outono. Somos pioneiros na moda ecológica, sabia?

E então veio a confusão geográfica:

— Ei, africano!

Eu virei, respirei fundo e disse:

— Oi, tudo bem? Sou de Angola.

— Mas Angola é tudo África, né? É tudo a mesma coisa.

— Sim, claro! Assim como você é latino-americano.

— Que isso? Eu sou brasileiro, não sou latino-americano!

Eu ri, mas era aquele riso de quem está dando aula sem ser professor.

— Ah, entendi. Então o Brasil fica onde? Na Europa?

A pessoa ficou confusa, mas eu continuei:

— Tá vendo? É isso. Angola está na África, mas somos um país. A mesma lógica serve para o Brasil na América Latina. Mas, olha, acho que o MEC deveria me pagar. Já dei tantas aulas de geografia grátis aqui que mereço pelo menos uma bonificação.

Como um rio que deságua em outros tantos, as perguntas absurdas continuaram, carregando consigo uma perplexidade quase teatral. Desta vez, vinha de alguém que vestia o peso de um futuro diploma como se fosse escudo de sabedoria. A pessoa me olhou, séria, e soltou:

— Ei, haitiano!

— Não, sou angolano. Angola fica na África. O Haiti está aqui perto, na América Central.

A pessoa piscou, confusa:

— Mas é tudo África, tudo preto, né?

— Sim, claro! Até porque o mapa-múndi é só preto e branco. Não tem divisões nem continentes. Mas, já que você está com dúvida, sabe onde fica o Haiti?

— Ué... na África, não?

Eu só fiquei olhando, pensando se a ONU não deveria me contratar para redesenhar o mapa do mundo. Ou talvez criar um GPS que explicasse: "Angola, África. Haiti, América Central. Brasil, confusão geográfica."

Essas perguntas sempre me faziam pensar: será que eu deveria criar um curso sobre geografia e diversidade? Cobrar uma taxa simbólica para financiar as horas que passei explicando o óbvio? Ou talvez fundar uma ONG chamada "Aulas de África para mentes perdidas no óbvio"?

Essas situações, por mais engraçadas que pareçam, revelam a ignorância que permeia até mesmo os espaços que deveriam ser de maior conhecimento e sensibilidade.

Entre risos e perplexidades, há também uma dor latente: a constatação de que, mesmo em tempos de tanta informação, a desinformação ainda prevalece. É uma visão que reduz a África a um cenário de guerras, destruição e fome, sem jamais questionar as verdadeiras causas dessas mazelas. Esquecem que essas guerras não surgiram do nada; elas foram plantadas, regadas e alimentadas pelos interesses econômicos e políticos do Ocidente.

E foi essa desconexão que também plantou a semente deste livro. Porque, se há algo que minhas raízes me ensinaram, é que contar histórias é a melhor forma de desconstruir narrativas erradas e recontar o que foi distorcido.

Neste livro, a história africana dança com a diáspora, entrelaçando a resistência ao colonialismo, a luta pela identidade e os saberes que atravessam gerações. Cada conto é uma raiz, ora ancorada no continente mãe, ora brotando nas terras onde nossos ancestrais foram transplantados. É a África reimaginada nos corpos e nas vozes dos que criaram outra África fora de sua terra natal.

Os contos que escrevi são clamores de todos aqueles que insistem em existir, em florescer, em se erguer contra as tempestades da opressão. Escrevo para romper muros. Escrevo para abrir portas. Escrevo para que o saber volte a ser coletivo, comunitário, transformador. E, acima de tudo, escrevo porque acredito que as histórias são raízes que nunca morrem — mesmo quando cortadas, elas encontram maneiras de renascer.

Que este livro seja ponte, abraço e luta. Que ele seja um convite ao diálogo e um chamado à ação. Que ele nos lembre que liberdade é raiz que só cresce em solo de união.

# PARTE UM

**Raízes e Fundamentos da Resistência**

## 1. A CANÇÃO DAS RAÍZES

*Nyumbani canta a memória
de um continente pleno de vida e sabedoria.*

Numa era distante, nas vastas terras de um continente verde e dourado, uma paisagem cósmica chamada Nyumbani. Situada entre montanhas majestosas e rios serpenteantes, Nyumbani era uma terra de exuberante beleza e de um rico mosaico de culturas e tradições. Antes da chegada dos estrangeiros, as comunidades de Nyumbani viviam em uma harmonia intrínseca com a natureza e entre si, refletindo uma profunda compreensão das relações humanas e ecológicas.

No coração de Nyumbani, havia uma aldeia chamada Umoja. Umoja significava "unidade", e o nome não poderia ser mais apropriado. A aldeia era um exemplo brilhante da organização social sofisticada das comunidades africanas. Cada membro da comunidade desempenhava um papel vital, e todos trabalhavam juntos para o bem-estar comum. Havia anciãos sábios que guardavam as histórias e os ensinamentos dos antepassados, guerreiros valentes que protegiam a aldeia, e curandeiros que conheciam os segredos das plantas e dos espíritos da floresta.

Um desses anciãos era Baba, um homem de cabelos brancos como a neve e olhos que pareciam conter todo o conhecimento do mundo. Ele era o contador de histórias da aldeia, e seu papel era manter viva a memória de Nyumbani através das gerações. Baba sempre dizia:

— Uma árvore sem raízes não pode crescer, e um povo sem história não pode prosperar.

Certa noite, Baba reuniu os jovens da aldeia ao redor da fogueira para contar-lhes uma história sobre suas origens.

— Há muito tempo — começou ele — Nyumbani era governada por uma rainha sábia chamada Asantewaa. Ela compreendia que a força de nosso povo residia na nossa conexão com a terra e uns com os outros. Sob seu reinado, estabelecemos leis e tradições que nos guiaram em harmonia com o mundo ao nosso redor.

Baba fez uma pausa, o fogo crepitando suavemente, como se fosse um reflexo da própria sabedoria ancestral que ele compartilhava com os jovens. Ele sorriu, sentindo o peso do tempo e da tradição em suas palavras, e então continuou:

— Asantewaa acreditava que cada elemento da natureza tinha um espírito e que os seres humanos eram apenas uma parte desse grande tecido.

Ele fez outra pausa, os olhos se fixando nos jovens ao redor, como se esperasse que absorvessem o peso daquelas palavras.

— Ela sabia que, ao cuidar da terra, cuidava de si mesma, e ao respeitar os rios e as florestas, respeitava o espírito da nossa própria existência.

A chama da fogueira tremeluziu um pouco mais forte, talvez como se a própria natureza concordasse com suas palavras.

— E então — Baba continuou, sua voz ganhando mais profundidade — Asantewaa instituiu festivais para celebrar as estações, rituais para agradecer às colheitas, cerimônias para honrar os espíritos da terra e dos ancestrais. Essas práticas não eram apenas uma forma de agradecer, mas um lembrete de nossa responsabilidade. Nós, seres humanos, fazemos parte de um todo. Não estamos acima de nada, nem abaixo de ninguém, mas estamos entrelaçados com todas as coisas.

Ele aguardou um momento, observando as estrelas no céu, como se consultasse os próprios ancestrais antes de seguir.

— Sabem — disse Baba, seu tom agora mais introspectivo — os clãs de Nyumbani tinham funções específicas, mas essas funções não eram um fim em si mesmas. Elas eram partes de um todo. Os Nyoka, por exemplo, eram os guardiões dos rios e pescadores habilidosos, enquanto os Mamba protegiam as florestas e eram mestres na caça sustentável.

Ele fez outra pausa, seus olhos brilhando à luz da fogueira.

— Cada um de nós, jovens, tem seu papel a cumprir, mas nunca devemos esquecer que sem os outros, nosso papel não faria sentido.

Baba inclinou-se um pouco para frente, como se fosse compartilhar uma revelação, e a sua voz se tornou mais baixa, quase como um segredo.

— Havia também os Tumaini, os agricultores — ele disse, com uma reverência quase silenciosa — aqueles que cultivavam a terra com sabedoria ancestral. Eles eram os guardiões do ciclo da vida, garantindo que a terra nunca se esgotasse, que a geração futura fosse cuidada. E, assim, os clãs se reuniam, compartilhando o peso das decisões, sabendo que suas ações reverberavam por todo o futuro.

Ele olhou para cada um dos jovens, como se esperasse que vissem mais do que apenas as palavras.

— Não se trata apenas de colher o que plantamos, mas de garantir que o futuro tenha o que colher. O que fazemos agora não é só para nós, mas para nossos filhos e para os filhos deles. O que plantamos hoje germinará amanhã, mas é preciso cuidar da terra e da nossa gente com respeito.

Baba ficou em silêncio por um momento, a luz da fogueira dançando em seu rosto envelhecido. Então, respirou fundo e concluiu:

— Nyumbani prosperou porque sabia, mais do que qualquer outra coisa, que todos estavam conectados — o rio, a floresta, a terra, os homens e mulheres de boa vontade. A terra não pertence a nós; somos apenas seus cuidadores temporários, parte de um grande ciclo, que sempre continuará, assim como o fogo da nossa história, que nunca se apaga.

Ele fez uma pausa final, o silêncio envolvendo o grupo, e os jovens ficaram ali, emaranhados nas palavras de Baba, como se já sentissem o reflexo dessa sabedoria pulsando dentro de seus próprios corações.

Um dia, uma jovem chamada Amina, curiosa e cheia de espírito, decidiu explorar além das fronteiras de Umoja. Amina sempre sentiu um chamado para entender melhor os outros clãs e suas maneiras de viver. Com a bênção dos anciãos, ela partiu em uma jornada que a levaria a conhecer os diversos clãs de Nyumbani.

Primeiro, Amina visitou os Nyoka, que a ensinaram sobre a importância dos rios e da água para a vida. Ela viu como eles construíam suas canoas e pescavam com redes, sempre respeitando os ciclos naturais para não perturbar o equilíbrio dos rios.

— Aqui, jovem Amina — disse um dos Nyoka, enquanto ela observava a construção de uma canoa — aprendemos a ouvir os rios. Eles nos ensinam, dia após dia, que a água é vida, mas que precisamos respeitar seus ciclos para que ela nunca falte. Cada peixe que tiramos do rio deve ser uma dádiva, não uma tomada. Devemos pescar apenas o necessário, sem perturbar o equilíbrio das águas.

Amina ficou em silêncio, absorvendo o que lhe era ensinado. Ela viu, com olhos atentos, como as redes se lançavam suavemente na água, sem pressa, como um gesto de reverência à vida que o rio abrigava. Quando o sol se pôs, ela sentiu uma paz profunda em seu coração, sabendo que havia aprendido algo fundamental sobre a conexão entre os homens e os rios.

Seguindo sua jornada, Amina chegou à terra dos Mamba. Estes eram os mestres da caça, os protetores das florestas, conhecidos por sua habilidade em caçar de forma sustentável. Ao se aproximar, ela percebeu o cheiro da terra molhada e o som suave das folhas ao vento.

— Amina — falou um dos caçadores, com a voz tranquila — aqui, na floresta, aprendemos que a caça não é uma conquista, mas um ato de respeito. Caçamos apenas o necessário, e cada parte do animal é utilizada com sabedoria, pois a vida é sagrada. Nada é desperdiçado, pois sabemos que a terra nos dá o que precisamos, e, em troca, devemos tratá-la com dignidade.

Amina, ao observar os Mamba em ação, percebeu a profundidade dessa verdade. Cada animal caçado era um vínculo renovado entre o homem e a natureza. E ela compreendeu que a verdadeira força não estava em dominar a floresta, mas em viver em harmonia com ela.

Por fim, Amina chegou à aldeia dos Tumaini, os agricultores. Ali, ela foi recebida com canções suaves que ressoavam pelo campo, e ao olhar para os campos, viu os agricultores trabalhando com as mãos e com o coração. Eles cantavam enquanto plantavam, e os cânticos pareciam dar vida às sementes que brotavam da terra.

— Aqui, Amina — explicou uma das anciãs — entendemos que a terra é uma mãe generosa. Cuidamos dela com canções e rituais, pois acreditamos que, ao pedir a bênção dos espíritos da terra, asseguramos a abundância das colheitas. Cada semente plantada é um gesto de respeito, e cada colheita é uma celebração da vida.

Amina ficou tocada por essa sabedoria. Sentiu-se profundamente conectada com a terra, com as plantas que cresciam e com os espíritos que a guiavam. Ela viu que a relação com a terra não era apenas de trabalho, mas de reverência, um ciclo contínuo de dar e receber.

Após meses de aprendizado, Amina retornou à sua aldeia, o coração cheio de sabedoria e gratidão. Ela se sentou sob a grande árvore de Umoja, onde todos os aldeões se reuniam para ouvir histórias. Ali, com um sorriso sereno, ela compartilhou suas experiências com todos:

— Aprendi que nossa força vem de nossa união e respeito pela natureza. Cada clã, cada pessoa, é uma nota na canção da vida. Quando cantamos juntos, criamos harmonia — disse Amina, com a voz firme e cheia de convicção.

Os anciãos, incluindo Baba, sorriram com orgulho. Amina tinha redescoberto uma verdade antiga: a verdadeira riqueza de Nyumbani estava em seu povo e na sabedoria de viver em equilíbrio com a natureza. Inspirada pela jovem, a comunidade reforçou seus laços e tradições, garantindo que as futuras gerações lembrassem e honrassem suas raízes.

Assim, a aldeia de Umoja continuou a florescer, um símbolo brilhante da África antes da colonização. Uma terra rica em cultura, conhecimento e uma profunda conexão com o mundo natural. As histórias de Baba e as lições de Amina perfumaram o ar por toda Nyumbani, lembrando a todos que a verdadeira harmonia vem da união e do respeito por tudo o que nos cerca.

E enquanto as estrelas cintilavam no céu, a canção das raízes continuava a ser cantada, uma melodia eterna de amor, sabedoria e esperança.

## 2. A ESPIRAL DO INDIZÍVEL

*Sob o olhar ancestral do tempo,
o instante revela sua dança infinita.*

Havia um lugar onde o horizonte dobrava sobre si mesmo, e o chão carregava as memórias de passos que nunca cessavam. Ali, o tempo não era linha reta, nem sequer curva: era um redemoinho silencioso que se moldava ao ritmo dos eventos. Para aqueles que respiravam esse mundo, o tempo nascia do gesto e do canto, do pulsar de uma mão que tocava a terra ou da voz que dançava no ar. Nada estava vazio, pois o vazio não existia.

No infinito dessa existência, caminhavam os tecelões do instante, figuras que recusavam a servidão às horas. Sekani, um dos tecelões do instante, estava ali, observando o horizonte com um olhar profundo, como se o tempo e ele fossem um só. Ele caminhava ao lado de Layla, que sentia cada passo como se fosse uma poesia da terra. O campo ao redor pulsava com a energia da memória, e eles sabiam que não estavam sozinhos — eram acompanhados pelas vozes dos ancestrais.

Sekani olhou para Layla, e sua voz soou calma:

— Aqui, Layla, o tempo não é uma linha reta, mas um círculo. Ele não começa nem termina; ele simplesmente é. E nós, como parte dele, somos os tecelões do presente. Não buscamos o futuro, porque ele não é mais do que a sombra do que pode ser.

Layla levantou o olhar para o céu, com um semblante pensativo, e falou:

— Eu sinto isso, Sekani. Como se cada passo que damos já tivesse sido dado antes, e ainda assim fosse uma criação nova. O futuro parece uma promessa vazia, não é? Como uma árvore que ainda vai dar frutos, mas ainda não podemos ver.

Sekani sorriu e tocou uma árvore próxima, cujas raízes eram profundas, assim como a sabedoria ancestral que ele e Layla compartilhavam. Sua voz se tornou suave, como o cicio do vento.

— O que chamamos de futuro, Layla, é apenas a sombra do agora. A árvore não apressa sua frutificação, ela sabe que o tempo virá, mas não se apressa. O que nos resta, então, é preencher o presente. Cada gesto, cada palavra, cada suspiro é uma pequena parte do ciclo.

Layla, contemplando suas palavras, se agachou e tocou o solo. Suas mãos encontraram uma pedra quente, que parecia pulsar com a energia da terra.

Layla, com um sorriso sereno, falou:

— O que nos resta, então, é viver o agora com a mesma sabedoria da árvore. Sem pressa, sem medo de se perder. Talvez o tempo seja isso, Sekani: não algo a ser vencido, mas algo a ser vivido.

Sekani, com um sorriso tranquilo, completou:

— Exatamente. O tempo é como uma dança. Não importa se estamos na frente ou atrás, o importante é não parar de dançar.

Quando a luz cedia lugar à penumbra, os círculos se formavam ao redor do fogo. Os guardiões do verbo, figuras veneráveis, estavam ali, suas vozes se elevando à medida que os relatos dos tempos antigos tomavam forma no ar quente. No centro do círculo, Sekani e Layla se juntaram aos outros ouvintes, absorvendo as palavras como se fossem bálsamo para a alma.

O ancião Tando, com a voz profunda e reverberante, levantou-se e olhou para o círculo de ouvintes. Sua presença era imponente, e sua sabedoria parecia repousar no silêncio antes das palavras.

Ancião Tando, com um olhar que atravessava os tempos, disse:

— O fogo... este fogo, que agora nos aquece, é o mesmo que aqueceu nossos ancestrais. O ciclo da vida e da morte, da criação e da destruição, está presente em tudo o que tocamos. O tempo não se mede por relógios, mas pelo ritmo das nossas vidas, pela batida dos nossos corações. O fogo é como o tempo: ele queima, consome, mas também dá vida. Ele nunca é o mesmo, mas também nunca se apaga.

Layla, com os olhos fixos nas chamas, refletiu sobre as palavras do ancião. Sentiu a densidade daquelas palavras e, ao mesmo tempo, a suavidade do fogo diante dela. O vento soprava suavemente, e ela se sentiu conectada com tudo ao seu redor.

Com um olhar profundo, Layla perguntou:

— Mas, Tando, por que tanto medo de perder o tempo? Por que a pressa de correr para o futuro, quando sabemos que ele se revela apenas quando o presente é vivido plenamente?

O ancião olhou para ela com um brilho nos olhos, como se estivesse vendo nela uma alma que compreendia mais do que as palavras podiam expressar.

Ancião Tando, com um sorriso grave, respondeu:

— Ah, Layla, a pressa é inimiga da vida bem vivida. Quando o homem tenta escapar do tempo, ele acaba fugindo da própria vida. O tempo não se apressa; ele não se importa com nossa pressa. Como o fogo, ele consome e renova. O segredo é saber que o tempo é mais do que uma linha. Ele é uma espiral, que gira eternamente, e nós somos seus filhos, dançando ao seu redor.

Sekani, com a voz calma, mas firme, disse:

— E, como as árvores, nós também devemos aprender a crescer sem pressa, sem o temor do que virá. O futuro não tem forma, mas o agora, ah, o agora é cheio de vida.

Enquanto a noite se aprofundava, Sekani e Layla continuavam a caminhar pelo campo. O vento, como se fosse uma presença viva, fazia as folhas das árvores dançarem em uma coreografia ancestral. Eles pararam diante de uma pedra, com vista para o rio. A luz da lua refletia nas águas tranquilas, e o som do rio parecia contar uma história que transcende o tempo.

Layla, respirando profundamente, disse:

— Sekani, você sente o vento? Ele carrega as histórias dos nossos ancestrais... Eu sinto como se o tempo estivesse ali, suspenso, esperando para ser contado.

Sekani, sorrindo e fechando os olhos, como se conversasse com o vento, respondeu:

— O vento é a voz do tempo, Layla. Ele não tem pressa, mas traz consigo a memória de todas as coisas que já aconteceram. O que é o tempo senão isso? Não uma linha reta, mas um movimento contínuo, onde passado, presente e futuro se misturam, se entrelaçam.

Layla, com um sorriso sereno, completou:

— Talvez o segredo seja esse, Sekani. Não lutar contra o tempo, mas dançar com ele. Como o vento, como o rio. Não somos prisioneiros do tempo. Somos seus companheiros.

Sekani colocou a mão no ombro de Layla e, juntos, olharam para as águas calmas do rio, sabendo que não precisavam entender tudo. O tempo, afinal, não era algo a ser controlado. Ele era algo a ser vivido.

Mas ao longe, uma criança corria apressada, seus pés levantando poeira enquanto ela avançava com um passo imaturo, seus olhos fixos em algo distante, como se buscasse alcançar algo que ainda não podia tocar.

Era Juma, uma jovem que sentia, em seu peito, a pressa de ser mais velha. Ela parava de vez em quando, tocando as árvores, como se quisesse se tornar parte delas, absorver a sabedoria que ainda não lhe pertencia.

Juma, com uma expressão séria e um semblante de quem já sabia tudo, disse:

— Eu já sei o que é a vida, Sekani. Não preciso esperar mais. Já posso fazer tudo, ser como os adultos. Por que esperar? Eles têm o controle, têm tudo.

Sekani, sorrindo suavemente, mas com um olhar profundo, olhou para Layla antes de responder. Sua voz era tranquila, como o som de uma brisa suave que acaricia a pele.

— Juma, há algo que a pressa não entende. O tempo não se apressa, porque ele sabe que tudo tem o seu momento. Você sente essa pressa porque ainda não é sua hora, e está tudo bem. Cada parte da vida tem seu próprio tempo, e não adianta tentar correr para a próxima fase antes de viver a que está diante de você. Quando o vento empurra a árvore a crescer rápido demais, seus ramos se quebram. A natureza não apressa a vida. E nem nós.

Layla, com a sabedoria adquirida em sua jornada, completou:

— Você verá, Juma, que o tempo, como o sol que nasce e se põe, tem sua razão. O amadurecimento vem com o tempo, e há uma beleza em ser criança, em brincar e aprender a viver cada momento. Um dia, você entenderá que ser adulto não é um fardo, mas uma responsabilidade que deve ser conquistada com calma.

Juma, olhando para o chão com uma expressão de reflexão, ficou em silêncio, compreendendo, ao menos por um momento, a verdade que ela ainda não conseguia captar completamente.

Mais adiante, à distância, um adolescente de olhos inquietos, Akin, se aproximava de Sekani. Ele estava cheio de energia e desejo de se afirmar, de mostrar que já sabia o que era certo, sem precisar ouvir os mais velhos. Com uma postura desafiadora, ele interrompeu a conversa de Sekani e Layla.

Akin, com um tom de voz altivo, disse:

— Por que devemos ouvir sempre os mais velhos? Eles vivem no passado, são lentos, já viram o que precisavam ver. O mundo muda, o tempo já não é o mesmo de antes. Eu quero pensar por mim, tomar minhas próprias decisões. Por que seguir regras que não são minhas?

Sekani, com seu olhar sereno e profundo, respondeu com calma:

— Ah, Akin, você tem pressa de crescer, mas não entende que o respeito ao mais velho é, na verdade, um respeito ao tempo. Cada um de nós carrega no corpo e no espírito o peso dos dias que já passaram. Ouvir o mais velho não é se submeter; é reconhecer que o tempo se acumula como uma grande árvore, e suas raízes são mais profundas do que você pode ver. O mais velho conhece a curva da vida porque já passou por ela, já sentiu o peso do sol e a frescura da noite.

Layla, com um sorriso suave, complementou:

— O respeito ao tempo implica respeitar quem nasceu antes de nós, Akin. O que você vê como limitações são, na verdade, as chaves para um entendimento mais profundo da vida. O mais velho não é alguém que limita, mas alguém que abre portas que você ainda não conhece. O respeito a eles é também o respeito ao ciclo eterno que nos ensina a viver.

Akin, com a testa franzida, olhou para os dois, mas o peso das palavras parecia reverberar em sua mente. Ele ficou em silêncio, como se o tempo estivesse, enfim, tocando sua consciência.

E quando a noite se adensava, as estrelas começavam a aparecer no céu, iluminando o campo com seu brilho suave. Os meninos e meninas do vilarejo se reuniram ao redor de Layla e Sekani, que agora estavam sentados à beira do rio. Alguns estavam brincando, outros conversando em voz baixa. Entre eles, Nia, uma jovem cheia de sonhos e curiosidade, olhou para o par de jovens à sua frente, com uma expressão um tanto perturbada.

Nia, com os olhos brilhando de desejo, disse, quase com um suspiro:

— Eu quero crescer logo. Quero namorar como os adultos. Por que esperar? Todos falam de amor, mas ninguém me deixa viver isso. Sinto que já sou capaz.

Layla, com uma leveza nos olhos, respondeu, com ternura:

— Nia, cada fase da vida tem seu próprio encanto, seu próprio tempo. O amor que você deseja viver agora é um amor de infância, um amor inocente e puro. Quando for o momento certo, o amor virá, e ele será profundo como a água que corre pelo rio. Não há pressa para isso. O tempo é o maior mestre dos sentimentos. Ele ensina a verdadeira profundidade de cada coisa.

Sekani, com a mesma suavidade, completou:

— A vida se desdobra como as flores que desabrocham ao seu tempo. Se você forçar uma flor a abrir antes de seu tempo, ela murchará. O amor, assim como o amadurecimento, vem na hora certa, sem pressa. E quando chegar, você verá que ele é muito mais do que apenas um sentimento. Ele é a verdadeira compreensão do que significa ser inteiro, ser completo.

Nia, refletindo sobre as palavras de Layla e Sekani, ficou em silêncio, olhando para o céu estrelado, agora percebendo, talvez pela primeira vez, que não havia necessidade de apressar o tempo. O amor, a vida, e tudo o que ela desejava, viriam com o ciclo da própria existência, no seu devido tempo.

Naquela noite, enquanto o fogo queimava suavemente e a lua coloria o céu, todos estavam imersos em um entendimento silencioso: o tempo não era algo a ser dominado, mas algo a ser respeitado. O tempo não era inimigo; ele era o grande mestre, e cada etapa da vida tinha sua razão, seu momento certo. Assim como a terra não apressa suas plantas, o ser humano não deve apressar seu crescimento, mas sim viver cada fase com a serenidade e a plenitude que ela oferece.

O chão, marcado por seus passos, continuava a carregar memórias. E o que eram eles, afinal, senão grãos de poeira dançando na espiral infinita do indizível, cada um contribuindo para a vastidão do tempo, como se todos fossem parte de algo maior que o próprio entendimento?

## 3. O VÉU DO INFINITO

*A pele como poesia cósmica: origem,*
*essência e mistério.*

Sob o véu de uma eternidade sem rosto, dançava a Noite, guardiã dos segredos mais antigos, senhora de um tempo que os olhos nunca ousaram desvendar. Ela caminhava pelos recantos esquecidos do horizonte, onde o que parece ser vazio é, na verdade, um espaço em gestação. Sua pele, escura como o âmago das estrelas, era um espelho invertido, no qual os que olhavam viam não a si mesmos, mas o que jamais poderiam entender.

Ao seu redor, criaturas de luz turva evitavam seu olhar, temendo o que não sabiam nomear. Para elas, a profundidade era um abismo, e a Noite, uma ameaça à segurança de seus frágeis espelhos. Era mais fácil vestir as sombras com o nome de temor do que reconhecer que nelas repousava o tecido do infinito.

— Ah, como é frágil o brilho de quem nunca se apagou — cochichava a Noite em uma língua que só o silêncio compreendia. Seu caminhar não fazia ruído, mas cada passo deixava no ar a memória de algo maior do que o espaço, maior do que o tempo. Sua voz era a ausência de som, e nela estava contida toda a poesia que os corações inquietos não conseguiam ouvir.

O Sarcasmo, arquiteto das ironias cósmicas, apareceu à sua frente, os olhos cintilantes e os passos leves, como um vento carregado de risos. Ele observava as criaturas fugirem de seu olhar, como se a presença da Noite fosse um veneno para sua segurança.

— Eles falham em perceber, minha cara — disse Sarcasmo com um sorriso irônico, cruzando os braços. — Constroem faróis e chamam isso de luz, mas não sabem que tudo o que fazem é iluminar o vazio em volta deles. Tentam medir-te, em ti não há bordas. Eles têm medo do que não pode ser delimitado.

À Noite, que carregava em seus poros a memória de todas as galáxias, sorriu. Cada palavra sua era um peso que desafiava o universo a entender. Ela respondeu com suavidade, mas com um brilho em seus olhos que falava da eternidade.

— Eles têm medo de mim porque eu os abraço. Não me veem como um fim, mas como o começo de tudo. No meu abraço não há máscaras, nem forma. Eu sou o espaço onde as perguntas não têm respostas, mas se tornam maiores do que as respostas. O que pode ser mais aterrador do que enfrentar o próprio reflexo sem contornos? Eles têm medo do que não entendem, mas também têm medo do que são quando não estão protegidos pelas sombras de suas crenças.

O Sarcasmo se aproximou, com um sorriso sardônico e os olhos brilhando como estrelas prestes a se apagar.

— Talvez seja por isso que te chamam de opacidade, Noite. Eles preferem ver a sua luz, limitada, do que aceitar o infinito de tua escuridão. A verdade que tu carregas é mais pesada do que qualquer estrela que eles possam acender. Mas... quem poderia suportar o peso de sua própria verdade?

A Noite fez um gesto, e ao seu redor, o vazio se encheu de estrelas silenciosas, que surgiam como flores em um campo intocado. Ela falou novamente, sua voz agora mais forte, reverberando através do espaço e do tempo.

— A luz deles é como uma chama que busca resistir ao vento. Mas a verdadeira chama não teme o vento. Eu sou o lugar onde o todo é. Eu sou o nada que contém tudo. Dentro de mim repousam os segredos das galáxias, os ecos da origem de tudo. O que é a luz sem a escuridão que a define? O que é a palavra sem o silêncio que a torna possível?

O Sarcasmo, contemplando a profundidade em suas palavras, olhou para ela com uma expressão mista de admiração e ceticismo.

— Então, tu és o silêncio que fala? O vazio que preenche? Como posso entender o que não pode ser tocado, o que não se deixa ver? Tu és a origem de tudo, mas como posso, eu, criatura da ironia e da forma, entender a ausência que gera tudo que existe?

A Noite sorriu, mas seu sorriso era como o movimento de uma maré, imenso e sem fim. Ela olhou para o horizonte onde a luz das estrelas começava a se apagar, e falou como quem tece as palavras do cosmos.

— Tu já me entendes, Sarcasmo. Não há forma que não tenha sido gestada em meu ventre. Tu és a essência das perguntas que surgem da necessidade de compreender o incompreensível. Tu vês a luz e a questiona, mas és tu quem dá a ela forma. Como poderia eu existir sem a tua dúvida? Tu és meu reflexo, minha sombra. Não há separação entre nós, apenas diferentes maneiras de sermos o todo.

Sarcasmo olhou para ela, os olhos piscando como se estivesse percebendo algo profundo e, ao mesmo tempo, fugidio.

— Afinal, a luz e a sombra... a origem e o fim... são apenas duas faces da mesma moeda, não é? — ele disse, com um tom de realização.

A Noite acenou suavemente, sua presença agora mais palpável, como se as palavras que trocavam formassem o tecido do próprio universo.

— Sim. O negro, a escuridão, é a origem de tudo. Sem ele, não há forma, não há luz, não há vida. Somos todos parte do mesmo mistério, que se desdobra infinitamente, até que um dia, talvez, alguém entenda que não há final, mas apenas o eterno retorno do começo.

Enquanto falavam, o horizonte se transformava em poesia. A Noite, em sua profundidade, guardava os segredos que o dia jamais teria coragem de dizer. E o Sarcasmo, como um vento rebelde, soprava farpas de verdade disfarçadas de gracejo. Juntos, eram a dança do que é e do que parece ser — o contraste que sustenta o universo.

Em algum lugar, muito além da percepção daqueles que evitavam olhar para cima, estavam os Filhos do Brilho Oculto. Não eram moldados pela luz que cega, mas pelo calor de um fogo ancestral que pulsava em suas veias. Cada um deles era um verso, um fragmento de uma epopeia escrita em uma língua que ninguém se lembrava de falar. Em suas peles, o cosmos havia deixado sua assinatura; em seus olhos, o infinito espiava o mundo.

Os filhos, ao olharem para a Noite, não viam apenas a escuridão; viam o poder primordial que se esconde no profundo silêncio do universo. Eles não temiam sua vastidão, mas a reverenciavam, sabendo que ela carregava em si a essência das origens. Um deles, o mais velho, com a pele marcada por estrelas em constante movimento, aproximou-se da Noite. Sua voz era um sopro que parecia vibrar como uma corda tocada nas distâncias do cosmos.

— Tu és a mãe de tudo, a origem que se dobra sobre si mesma. Mas como se pode compreender a origem quando se é parte dela?

A Noite olhou para ele, seu olhar profundo como um abismo sem fim. Ela sabia que a pergunta era mais antiga do que qualquer resposta que pudesse ser dada, mas ainda assim, sentiu a necessidade de respondê-lo.

— A compreensão é um véu, e como todo véu, se ergue apenas para revelar mais mistério. Aqueles que tentam compreendê-la com as palavras da razão, jamais alcançarão sua profundidade. A origem não precisa ser compreendida, ela apenas é.

O filho mais velho inclinou a cabeça, como se absorvesse a gravidade de suas palavras. Sua voz, embora sábia, estava carregada de uma eterna dúvida.

— Mas a dúvida também é parte do início, não é? O que seria o todo sem o questionamento que nasce dele? A luz que cega, a escuridão que ilumina... tudo se dissolve na busca pelo que ainda não pode ser dito.

A Noite se moveu, e ao se mover, o espaço ao seu redor se curvou, como se a própria existência se ajustasse aos seus passos. Ela sorriu, mas seu sorriso era a quietude de um oceano em repouso.

— A dúvida é o fio que tece o universo. Ela nasce de uma necessidade de se entender o que não se pode entender, mas ela não é mais importante do que o próprio mistério. A verdadeira sabedoria não é responder, mas aprender a viver com as perguntas.

Outro filho do brilho, mais jovem, com os olhos cintilando como cometas, falou, com uma certa incerteza que contrastava com a força de sua presença.

— Se tudo é mistério, como podemos ousar dar um passo adiante? Se o que nos guia é a dúvida, então como avançamos sem respostas?

A Noite, com uma suavidade inesperada, colocou a mão sobre sua fronte. Seus dedos eram como correntes de estrelas que passavam de um ser a outro.

— Tu já avançaste, mesmo sem saber. O próprio ato de questionar é um passo no caminho eterno. O movimento não reside nas respostas, mas na coragem de seguir em frente, apesar da ausência delas. O universo não pede respostas; ele pede que nos entreguemos à sua jornada sem fim.

Os filhos permaneceram em silêncio, as palavras da Noite estavam gravadas nas estrelas de suas peles. Aquele momento se estendeu por um instante imensurável, como se o tempo não tivesse mais significado ali, sob a vastidão do manto da Noite.

E assim, a Noite seguia, não como uma sombra, mas como a mãe de todas as cores, o espaço onde a existência encontra significado. Sua jornada não era para ser entendida, mas sentida — uma melodia silenciosa que reside em quem tem coragem de ouvir. E aqueles que ousassem sentar sob seu manto, discutindo o que não pode ser dito em palavras, talvez encontrassem, no final, não respostas, mas um reflexo de algo maior.

Porque a Noite, afinal, não era ausência. Ela era tudo. E no tudo, estavam escondidos os segredos que só quem se perde é capaz de encontrar.

## 4. O CORAÇÃO DA TERRA

*Ubuntu nos lembra que somos raízes
de uma mesma árvore viva.*

Era um dia que começava com o canto tímido dos pássaros e o sopro manso da brisa em Imbuko, a vila no coração do vale, entre as terras férteis do Zimbábue, cercada por pedras e montanhas que pareciam tocar o céu. Nesta vila, vivia uma sábia anciã chamada Nandi, que, com sua sabedoria serena, transmitia aos jovens a filosofia do Ubuntu, um princípio profundo que orientava todas as suas ações e decisões.

— Ubuntu, ela explicava — é mais do que uma palavra; é um modo de vida. Significa "eu sou porque nós somos", e não se aplica apenas às relações humanas, mas também à relação com a natureza. Ubuntu é o coração da terra.

Naquela manhã, a tranquilidade foi quebrada pela chegada dos estrangeiros. Eram homens e mulheres trajando roupas pesadas, com máquinas que exalavam fumaça e sorrisos carregados de promessas. Entre eles, destacava-se um homem chamado Viktor, alto e de olhar frio como a lâmina de uma faca. Ele era o líder do grupo de estudiosos, que vinham em busca do brilho escondido nas montanhas ao redor de Imbuko: ouro, diamantes, e outros tesouros da terra.

Na grande árvore imbondeiro, onde os anciãos da vila se reuniam para deliberar sobre os assuntos mais graves, a notícia da chegada foi recebida com murmúrios de preocupação. Nandi, a mais velha e sábia entre eles, permaneceu em silêncio por longos minutos, ouvindo atentamente. Ao seu lado, seu neto Koa, de espírito inquieto e olhar questionador, observava cada movimento dos estrangeiros com desconfiança.

— Precisamos ouvir o que eles têm a dizer — sugeriu Kwame, outro dos anciãos.

Os estrangeiros foram chamados à reunião. Viktor tomou a palavra, descrevendo um futuro grandioso.

— Com nossa tecnologia e conhecimento, podemos transformar Imbuko em uma vila próspera. Todos terão riqueza, modernidade e um lugar no mundo globalizado.

Suas palavras, cheias de entusiasmo, não pareciam tocar os corações dos anciãos, mas despertaram murmúrios curiosos entre os mais jovens da vila. Koa, porém, permaneceu em silêncio, cruzando os braços enquanto observava Viktor com olhos desconfiados.

Quando Viktor terminou, um silêncio pesado pairou no ar. Nandi então levantou-se com dignidade.

— Vocês falam de riqueza e progresso como se fossem antídotos para todos os males — começou Nandi, sua voz calma, mas firme — mas há algo que vocês não compreendem: a terra não é apenas solo, pedra e minério. Ela é nossa mãe.

O vento pareceu soprar mais forte, como se as palavras de Nandi fossem carregadas por ele.

— Em nossa língua, temos uma palavra: Ubuntu. Ela significa que a minha humanidade está ligada à sua, assim como a nossa vida está conectada à terra. Se vocês a ferirem, ferirão a si mesmos. O que será dessas riquezas quando não houver mais rios cristalinos? Quando os ventos não trouxerem mais o perfume das flores?

As palavras de Nandi eram poesia viva, mas os estrangeiros riram, considerando suas palavras como contos de uma velha supersticiosa. Viktor, com um sorriso de superioridade, respondeu:

— Senhora, o mundo mudou. Essas ideias românticas pertencem ao passado. O progresso não espera por ninguém.

Enquanto isso, na floresta que circundava a vila, uma figura observava a movimentação. Era Amahle, uma jovem mulher misteriosa que raramente aparecia na vila. Diziam que ela tinha o dom de falar com os espíritos da natureza. Ao ouvir sobre os estrangeiros, Amahle sentiu o pulsar inquieto da terra sob seus pés. Algo estava em desequilíbrio.

Naquela noite, sob a luz da lua cheia, Amahle procurou Nandi.

— A terra está inquieta — disse ela. — Se esses estrangeiros prosseguirem, o equilíbrio será destruído.

Nandi, que já havia sentido o mesmo, assentiu.

— Amanhã, chamaremos o conselho dos guardiões. Não enfrentaremos isso sozinhos.

O dia seguinte trouxe consigo uma tensão palpável. No conselho, além dos anciãos, estavam Amahle, Koa, e outros jovens da vila. Viktor e seus companheiros estavam presentes, e a discussão foi acalorada. Amahle falou dos sinais que os espíritos da natureza haviam dado. Koa, com sua paixão juvenil, argumentou que o futuro da vila não deveria ser decidido por estranhos.

Mesmo assim, alguns aldeões começaram a questionar se a modernidade não era o caminho certo. Kwame, pressionado pela dúvida, disse:

— Mas e se esse progresso for uma chance para nossos filhos? Não podemos viver apenas de histórias e tradições.

Nandi, porém, respondeu com uma voz que parecia vibrar através dos tempos:

— O progresso que destrói nossas raízes não é progresso, é ruína.

Naquela noite, enquanto a vila dormia, um tremor percorreu o vale. A terra parecia viva, respirando, alertando. Amahle, Nandi, Koa e os outros sabiam que era um sinal: a terra não permitiria ser explorada sem consequências.

Na manhã seguinte, o céu estava encoberto, e uma tensão silenciosa pairava sobre Imbuko. Os anciãos reuniram-se novamente, e Nandi, com a calma de quem carregava a sabedoria dos séculos, tomou a palavra.

— A terra falou — disse ela, olhando diretamente para Viktor e os estrangeiros. — O que vocês testemunharam ontem foi apenas um zumbido do que pode acontecer se continuarem nesse caminho.

Os estudiosos, embora hesitantes, não puderam ignorar o que haviam sentido. Viktor, porém, permaneceu firme, argumentando que os tremores eram comuns em áreas montanhosas e nada mais do que uma coincidência.

Foi então que Nandi deu um passo inesperado.

— Se vocês ainda duvidam, eu os convido a ficarem. Permitam que a vila e a terra lhes mostrem o que significa viver em harmonia. Não por palavras, mas pela experiência.

Amahle assentiu, acrescentando com sua voz calma e cheia de mistério:

— Se vocês realmente buscam respostas, ouçam o coração desta terra, não apenas os cálculos em suas máquinas.

Os estrangeiros, talvez por curiosidade ou pelo impacto dos eventos recentes, aceitaram o convite.

Nas semanas seguintes, os visitantes testemunharam a vida em Imbuko em toda a sua profundidade. Eles viram os aldeões cultivarem a terra com cuidado e reverência, compartilharem suas colheitas, e celebrarem os ciclos da natureza com danças e canções.

Thomas, um dos estudiosos, começou a se aproximar de Koa, que o levava para explorar as montanhas e os riachos escondidos.

— Aqui, cada pedra tem uma história — disse Koa certa vez. — Quando você caminha pela terra, precisa ouvir seus segredos guardados.

Eleonora, a cientista cética, encontrou-se fascinada por Amahle, que a ensinava sobre as ervas medicinais e os rituais que equilibravam corpo e espírito.

— Vocês estudam a cura com tantas máquinas — Amahle dizia — mas a terra já nos deu o que precisamos. Vocês só esqueceram como ouvir.

A vila, com sua simplicidade vibrante, começou a desconstruir as certezas dos estrangeiros.

Uma noite, Nandi organizou uma cerimônia ao redor de uma grande fogueira. Todos os habitantes da vila e os estrangeiros formaram um círculo, suas silhuetas dançando com as chamas. Nandi, com sua voz que parecia ressoar de outra era, contou histórias sobre os ancestrais, sobre como eles entendiam que a terra era uma teia viva onde cada fio importava.

— O tremor que sentiram — disse ela, olhando para cada um — foi um lembrete de que somos apenas uma parte desse todo. Quando rompemos o equilíbrio, a terra responde. Não como punição, mas como um alerta para que voltemos ao caminho certo.

Amahle começou a cantar uma antiga melodia, e os sons pareciam se entreter com as estrelas acima. Alguns dos estrangeiros fecharam os olhos, sentindo pela primeira vez o que significava estar conectado ao mundo de forma tão profunda.

Thomas, tocado pelo momento, virou-se para Nandi e disse:

— Nunca pensei que pudesse aprender tanto em tão pouco tempo. Não somos nós que viemos ensinar, mas vocês que nos ensinam o que realmente importa.

Com o passar dos dias, as convicções de muitos dos estudiosos começaram a mudar. Thomas e Eleonora, especialmente, abraçaram os ensinamentos de Imbuko. Eleonora começou a desenvolver ideias de como a ciência poderia caminhar junto com a sabedoria ancestral, criando tecnologias que respeitassem os ciclos naturais.

Thomas, por sua vez, começou a escrever sobre o que vivenciara, defendendo uma visão de desenvolvimento que honrasse a terra e as comunidades que dependiam dela. Viktor, relutante, observava as mudanças em seus colegas, mas sentia seu próprio coração se agitar com dúvidas que ele não ousava admitir.

Quando o momento chegou de os estrangeiros partirem, muitos o fizeram transformados. Thomas e Eleonora prometeram retornar, não para explorar, mas para colaborar. Viktor, antes tão seguro de sua superioridade, partiu em silêncio, talvez carregando consigo mais perguntas do que respostas.

Imbuko, com sua filosofia de Ubuntu, tornou-se um exemplo para o mundo. O modelo de vida da vila passou a inspirar debates globais sobre sustentabilidade e harmonia. Nandi, Amahle, Koa e os outros guardiões sabiam que a batalha não estava vencida, mas que uma nova semente havia sido plantada no coração dos estrangeiros — e, quem sabe, no coração do mundo.

Nandi, sentada sob o imbondeiro, olhou para Koa e disse:
— Lembre-se, meu neto, o verdadeiro ouro não está nas montanhas, mas na alma daqueles que cuidam dela.

E assim, enquanto a brisa do vale dançava ao redor da vila, Imbuko permaneceu como um farol, mostrando ao mundo que o equilíbrio é a verdadeira riqueza.

# 5. ENTRE PACHAMAMA E UBUNTU: O ABRAÇO DA TERRA

*Solidariedade entre mundos ancestrais.*

Na imensidão das savanas africanas e nas montanhas verdejantes dos Andes, houve um tempo em que as histórias se fundiam, como rios que se perdem no abraço do mar. Era um tempo em que Pachamama, a mãe terra da América Latina, e Ubuntu, o espírito da África, dançavam juntos ao ritmo dos corações dos povos indígenas e africanos.

Em uma aldeia no coração da Amazônia, vivia Ñusta, uma jovem guerreira do povo Kichwa. Desde pequena, Ñusta aprendeu com os anciãos sobre o *Buen Vivir*.

— A terra é espelho de quem somos — dizia Taita Rumi, o ancião da aldeia. — Cuidar dela é cuidar do próprio coração.

Certo dia, enquanto colhia ervas medicinais na floresta, ela encontrou um estranho pergaminho. Nele, escrito em uma linguagem antiga, falava de um vínculo inquebrantável entre todos os seres vivos e da urgência de proteger a terra como se fosse o próprio corpo. Algo em suas palavras queimava como uma chama, e Ñusta decidiu partir. Cruzou montanhas, desertos e mares, em busca de outros povos que compreendessem a sacralidade da terra.

Quando chegou à África, foi acolhida pelos Maasai, cujas cores vibrantes se destacavam sob o sol da savana. Bomani, um ancião de voz profunda como o eco em um cânion, a recebeu ao lado de uma fogueira.

— Você veio de longe, filha das montanhas, ele disse, estudando-a com olhos que pareciam ler sua alma. — O que a trouxe até aqui?

Ñusta ergueu o pergaminho, já gasto pela viagem.

— Em minha terra, chamamos a mãe de Pachamama. Ela sofre, ferida pelos que arrancam suas árvores e envenenam seus rios. Eu vim buscar respostas, talvez esperança. Falaram-me de Ubuntu.

Bomani assentiu lentamente.

— Ubuntu é o fio que nos une. Dizemos que uma pessoa só existe porque outras existem. Como o imbondeiro que cresce porque suas raízes abraçam a terra. Conte-me mais sobre Pachamama.

Ñusta contou sobre Pachamama, o *Buen Vivir*, sobre os rios que cantavam às montanhas e sobre como seu povo acreditava que viver bem não era acumular riquezas, mas equilibrar o mundo interno e o externo.

Bomani respondeu:

— Aqui, acreditamos o mesmo. Quando dançamos para os ancestrais, não pedimos riqueza, mas força para proteger aquilo que nos foi confiado. Mas os que vêm de fora não entendem. Acham que a terra é muda, que ela não pode gritar.

Ñusta olhou para o fogo, as chamas dançando como os ventos nas montanhas de sua terra.

— Ela grita, Bomani. Eu já a ouvi. E seu grito é o mesmo aqui, lá, em todo lugar.

Após noites ao redor da fogueira, ouvindo as histórias dos Maasai, Ñusta sentiu que algo mais a chamava. Bomani, o ancião, percebeu a inquietude em seu olhar.

— Sua jornada ainda não acabou, filha das montanhas, ele disse certa noite, enquanto a luz da lua iluminava seu rosto marcado pelo tempo. — A savana é apenas o início. Siga os ventos; eles a levarão onde precisa estar.

Ñusta curvou-se em reverência e partiu com o coração leve, mas cheio de novas histórias. Guiada pelas palavras de Bomani, cruzou vastas paisagens, até que a areia quente do deserto do Kalahari começou a se infiltrar entre seus dedos.

No coração do deserto, foi recebida pelos San, um povo de passos silenciosos e olhos que refletiam o tempo. Uma mulher chamada Kala a acolheu com um sorriso discreto e um gesto para que se sentasse ao redor de um pequeno fogo.

— Você veio de longe, minha filha — Kala disse, oferecendo um pouco de água em uma cuia. — O que busca aqui, onde as dunas são eternas e o céu fala com quem sabe ouvir?

Ñusta segurou a cuia com gratidão, mas seus olhos estavam fixos no horizonte dourado.

— Busco respostas para as feridas da terra. Preciso aprender como resistem, como mantêm suas canções vivas.

Kala assentiu lentamente, e por um momento o único som era o crepitar do fogo.

— Aqui, dizemos que a terra canta para aqueles que sabem caminhar. Cada pedra tem uma história, e cada grão de areia guarda a memória do vento. Mas os que vêm de fora não ouvem. Eles só veem o que podem levar.

Uma sombra pequena se aproximou do fogo. Era Kibo, o filho de Kala, com os olhos brilhando de curiosidade. Ele sentou-se ao lado da mãe e olhou para Ñusta.

— Se a terra canta, por que não a ajudamos a cantar mais alto? — ele perguntou, com a simplicidade de quem ainda acredita que tudo é possível.

Ñusta sorriu, tocada pela pureza de suas palavras.

— Estamos tentando, pequeno. É por isso que eu vim até aqui. Para aprender a ouvir e a cantar com mais força.

Kala olhou para Ñusta com um olhar profundo, que parecia atravessar o tempo e o espaço.

— Você ouve, Ñusta, mas ouvir não é suficiente. É preciso ensinar os outros a ouvir também. Caminhe conosco amanhã, e aprenderá que até o deserto tem raízes que se conectam sob a areia.

Na manhã seguinte, Kala levou Ñusta em uma caminhada pelo deserto. Sob o sol abrasador, o Kalahari parecia uma vastidão de areia sem fim, mas os olhos atentos de Kala enxergavam vida onde outros viam apenas desolação.

Enquanto caminhavam, Kala parou e apontou para uma planta de aparência peculiar. Suas folhas longas e retorcidas pareciam se fundir com a areia, enquanto uma base robusta sustentava toda a estrutura.

— Veja, Ñusta — Kala disse, ajoelhando-se ao lado da planta. — Esta é Onyanga, a "cebola do deserto". Ela vive por centenas de anos, suas raízes profundas alcançam a água escondida sob a terra, e suas folhas nunca deixam de crescer, mesmo enfrentando o calor mais cruel.

Ñusta abaixou-se, tocando delicadamente as folhas grossas e resistentes.

— Onyanga — ela repetiu suavemente, sentindo o peso do nome em sua língua. — É como se o deserto tivesse dado toda a sua força a ela.

Kala sorriu, mas havia uma sombra em seu olhar.

— Mas os estrangeiros, quando chegaram aqui, deram-lhe outro nome: Welwitschia mirabilis. Tiraram-lhe o nome verdadeiro, assim como tentaram tirar nossa terra e nossas histórias. É isso que fazem. Renomeiam o que encontram, como se apenas suas palavras tivessem valor.

Ñusta ergueu o olhar para Kala, sentindo a dor e a resistência por trás de suas palavras.

— Onyanga não precisa de outro nome — disse ela, firme. — Ela é quem é, assim como vocês. Nomes estrangeiros não podem arrancar o que está enraizado na alma da terra.

Kala concordou, os olhos brilhando com um misto de tristeza e orgulho.

— É por isso que contamos nossas histórias. Onyanga nos ensina a resistir. Quando tudo parece seco e estéril, ela persiste, bebendo daquilo que os olhos não veem. Assim somos nós, San. Quando os invasores tentam nos arrancar de nossas terras, é nas raízes invisíveis de nossa cultura e de nossos ancestrais que encontramos força.

Ñusta observou a planta em silêncio, sentindo que Onyanga era mais do que um ser do deserto – era um símbolo da luta de todos os povos que enfrentavam as tempestades do tempo e da opressão.

— Pachamama enviou-me até aqui — ela disse, olhando para Kala. — Para ver que a força não está apenas na superfície, mas no que cresce e se conecta abaixo dela. Onyanga é a sabedoria do deserto.

Kala sorriu novamente, dessa vez com serenidade.

— E agora, essa sabedoria também é sua, viajante das montanhas. Lembre-se: mesmo nas condições mais difíceis, há vida, há esperança. Onyanga está aqui para nos lembrar disso.

Ñusta sentiu as palavras de Kala como um ensinamento profundo, um som de tudo que havia aprendido com os Maasai e em sua própria terra. Quando a noite caiu, ela se sentou ao lado de Kibo e Kala, olhando para as estrelas que iluminavam o deserto.

— Pachamama, Ubuntu, as canções do deserto — Ñusta disse, quase para si mesma. — Tudo está conectado. Somos todos parte de uma mesma canção.

Kala sorriu.

— Você entendeu, viajante. Agora leve essa canção com você. O deserto sempre estará aqui para lhe lembrar de ouvir.

Enquanto Ñusta aprendia com os Maasai e os San, seu povo na Amazônia enfrentava invasores. Taita Rumi liderava protestos pacíficos na praça central, onde os Kichwa se uniam em cantos que refletiam a sabedoria do *Buen Vivir*.

— Vocês chamam isso de desenvolvimento — Rumi dizia diante do governo, sua voz carregada de gravidade. — Nós chamamos de destruição. A terra não é algo que se toma. É algo que se respeita. Se ela morrer, morremos com ela.

Ñusta voltou para casa carregando histórias e um entendimento renovado. Diante de seu povo reunido, ela ergueu o pergaminho, agora preenchido com palavras que aprendera em sua jornada.

— Na África, dizem que ninguém caminha sozinho — ela começou. — E aqui, sabemos que viver bem é viver em harmonia. Não estamos sozinhos em nossa luta. Do outro lado do oceano, há quem também resista. Estamos conectados. E é isso que nos dá força.

Assim, as vozes dos povos indígenas e africanos ressoaram pelos continentes, repercutindo como o som dos tambores e o canto dos pássaros ao amanhecer. Em um mundo onde as fronteiras se dissolviam na busca por um futuro comum, Pachamama e Ubuntu se uniam em um abraço de solidariedade, guiando os povos ancestrais na luta pelo que os intelectuais modernos passaram a chamar de direitos socioambientais.

# PARTE DOIS
## A Chegada da Opressão

# 6. OS TRÊS VENTOS DE KIMBALA

*Os ventos que trouxeram novos rumos
também carregaram tempestades.*

Na alma ancestral do berço dos primeiros sonhos, havia uma comunidade chamada Kimbala. Essa comunidade, tal como Nyumbani, vivia em harmonia com a natureza e os espíritos ancestrais. Seus habitantes, orgulhosos e valentes, eram guiados pelos ensinamentos de seus anciãos e pelo amor à terra que os nutria.

Um dia, os ventos começaram a mudar. Três ventos distintos sopraram sobre Kimbala, cada um trazendo consigo uma promessa e uma ameaça. O primeiro vento era o Vento da Fé, trazido por missionários com cruzes ao peito e palavras doces sobre um Deus distante. Padre Lusófio, o líder desses missionários, pregava com palavras de compaixão, mas seus olhos frios refletiam a verdadeira intenção de converter o povo de Kimbala à sua fé. Sua presença era como uma brisa suave que, de tão doce, escondia o veneno de um domínio espiritual.

— Meus filhos — disse o padre Lusófio, com um sorriso sereno, mas seus olhos frios e calculistas não revelavam nenhuma misericórdia verdadeira —, a salvação está ao alcance de todos. A palavra de Deus nos guia. Sigam os ensinamentos da cruz, e estarão destinados à vida eterna. O que vos oferecemos não é apenas uma religião, mas uma nova vida, uma luz que vos tirará da escuridão.

Mwana Pwo, a curandeira de Kimbala, representava a alma da terra e a sabedoria das mulheres que atravessam os tempos. Sentada num banco de madeira rústica, com o cachimbo na boca, ela observava o fumo das ervas divinas se elevando em espirais que se perdiam no céu. Seu olhar, profundo e sereno, mesclava tristeza e uma sabedoria que parecia provir das raízes mais antigas da terra. Quando o vento trouxe até seus ouvidos as palavras suaves de Padre Lusófio, ela suspirou lentamente, como quem entende o alcance de um veneno disfarçado de doce mel.

— Este vento que traz a palavra, Padre Lusófio, é como a brisa que, por mais suave que seja, arranca o aroma da terra que nos alimenta. Não podemos permitir que a fé que nos guia desde os tempos antigos se apague diante da cruz. Nossos deuses não são distantes, eles são o sopro do vento que nos sustenta.

Munga, uma jovem da comunidade, com espírito vibrante e olhos curiosos, conhecida por sua inteligência, falava em voz baixa para um grupo de jovens, enquanto os missionários se afastavam.

— Eles querem apagar o fogo que brilha dentro de nós. Não precisamos da salvação de homens que não conhecem nossa dor.

Padre Lusófio, segurando sua Bíblia como se fosse uma joia rara, falou com voz doce e confiante:

— A Bíblia nos ensina que "é mais fácil um camelo passar pelo buraco de uma agulha do que um rico entrar no Reino dos Céus". Meus filhos, a riqueza que buscamos aqui é efêmera, mas a verdadeira riqueza está em Deus, no céu!

Munga, com um sorriso irônico e um olhar que percorreu os aldeões antes de voltar-se para Padre Lusófio, disse com um tom desafiador:

— Oh, claro, Padre Lusófio! Mas e quem é pobre, será que vai ser tão rico assim? Ou só o céu vai ficar mais bonito para quem tem um buraco de agulha para atravessar?

Kazi, um historiador sábio de Kimbala, cujas palavras eram como velhas inscrições na pedra, falava com um sorriso triste, mas cheio de sagacidade.

— Mas, Padre, essa história da agulha... não será que o buraco está ficando cada vez menor para quem, com suas cruzes e palavras, tenta atravessar a nossa liberdade? A terra que nos deu vida é mais rica do que qualquer céu onde ninguém conhece o cheiro da terra que alimenta.

Padre Lusófio, insistindo e tentando manter sua postura piedosa, com a Bíblia erguida como símbolo de sua autoridade espiritual, falou com calma:

— Meus filhos, lembrem-se de que Jesus disse: "Bem-aventurados os pobres de espírito, porque deles é o Reino dos Céus." Se somos humildes, encontraremos a paz verdadeira!

Mwana Pwo, com uma expressão desafiadora e os braços abertos em um gesto amplo, como se abraçasse a própria terra, rebateu:

— Bem-aventurados os pobres, você diz? E nós aqui, ricos de terra, de cultura, de história, temos que nos despir de tudo isso para encontrar o céu? Pois, meu querido padre, se o céu for assim, prefiro ficar com minha terra que é minha riqueza, mesmo que meu espírito seja pobre aos seus olhos.

Ao mesmo tempo em que surgiam resistências, os missionários também se instalavam lentamente, como sombras silenciosas, impondo sua presença em cada canto de Kimbala. A cada palavra, a cada gesto, tentavam submeter a terra e as crenças do povo a uma nova ordem, mas a resistência estava enraizada na cultura, na história e nas tradições que jamais poderiam ser apagadas.

O segundo vento era o Vento do Comércio, soprado por mercadores com olhos cobiçosos e mãos ávidas. Eles ofereciam espelhos que brilhavam sob o sol e tecidos coloridos, mas em troca levavam o ouro e os recursos de Kimbala. Anglus Saxe, o mercador, era o rosto desse vento. Com um sorriso largo e manipulador, ele se adiantou, apresentando seus bens com entusiasmo e um brilho nos olhos, como quem oferece a promessa de riqueza e poder.

— Meus amigos de Kimbala! Olhem esses espelhos! O que vale mais que um espelho que reflete a grandeza de sua própria imagem? E esses tecidos, tão finos, tão suaves! Troquem comigo seus minerais, suas riquezas! Vejam o que podem ganhar!

Munga, observando os espelhos com um olhar cético, falou para os outros ao seu redor:

— Ah, espelhos! Agora nossos ancestrais vão olhar para os seus rostos refletidos e perguntar: "Mas que preciosidade é essa que trocamos por um pedaço de vidro?"

Mwana Pwo, pausando por um momento, seus olhos fixos nos espelhos como se buscassem algo além do reflexo, virou-se lentamente para Anglus Saxe com uma sabedoria imperturbável.

— Espelhos... O que é mais perigoso? Um espelho que reflete a vaidade ou um comerciante que tenta nos fazer ver riqueza onde não há mais nada além de uma venda de nossos olhos?

Anglus Saxe, tentando suavizar suas palavras, mas claramente desconfortável com a sabedoria de Mwana Pwo, gesticulou em um tom quase paternalista.

— Mas pensem! Se aceitarem essas trocas, estarão no caminho do progresso! Vão prosperar com os meus tecidos!

Kazi, que sempre observava as mudanças com um olhar atento e crítico, riu suavemente antes de responder com uma voz cheia de melancolia e sabedoria.

— Prosperar, você diz? De que vale o progresso que nos tira a alma? O que é progresso se não podemos mais nos olhar nos olhos uns dos outros, sem ver um estranho refletido na superfície?

Com um sorriso afiado e palavras doces, Anglus Saxe fazia com que os kimbalenses aceitassem trocas que, a princípio, pareciam vantajosas, mas que no final apenas empobreciam o povo.

O terceiro e mais temido era o Vento da Guerra, trazido por Leopelga Francófono, o comandante militar, que acreditava na força das armas e na necessidade de impor ordens divinas. Para ele, a divisão e o controle eram uma maneira de civilizar os povos africanos. Com um tom autoritário, apontou o dedo para o horizonte enquanto suas palavras ecoavam como um ultimato.

— Meus amigos de Kimbala, este é o momento em que vocês devem decidir: curvem-se diante do império e aceitem a paz que trazemos, ou lutem contra a força de um exército imbatível. O futuro de vocês está em nossas mãos!

Kazi, com um sorriso sarcástico e os braços cruzados diante das tropas, estava imerso em uma ironia que vinha da profunda sabedoria sobre os ciclos da história.

— A paz que vocês trazem? Ah, sim, a paz do ferro e da pólvora. A mesma paz que divide famílias, destrói terras e silencia os tambores da nossa liberdade?

Mwana Pwo, erguendo a cabeça com serenidade, mas com um tom firme que refletia a força de uma terra que se recusava a se submeter.

— A paz que vocês oferecem é um silêncio forçado, um silêncio da terra que geme sob o peso da opressão. A verdadeira paz é aquela que não se compra com armas, mas com respeito.

Leopelga Francófono, rindo com desprezo, desdenhou das palavras que pareciam soar vazias para ele, um homem de poder absoluto.

— Respeito? Respeito é uma palavra vazia. Aqui, apenas a força conta. Se não se curvarem, serão destruídos.

Mwana Pwo, com uma risada que refletiu como um grito de guerra, respondendo sem medo, como se a própria terra de Kimbala falasse por ela:

— Destruídos? Ah, sim, você pode destruir nossos corpos, mas a alma de Kimbala não se curva diante de uma espada. E se o respeito for uma palavra vazia, então o sangue que derramaremos será a única verdade que restará.

O guia espiritual de Kimbala, um homem sábio chamado Mwene, via sua terra ser sufocada por esses ventos implacáveis. Sentia a dor do seu povo e a agonia da terra que gemia sob o peso da opressão. Mwene sabia que não poderia enfrentar esses ventos sozinho. Ele convocou um conselho de anciãos, guerreiros, curandeiros e jovens líderes, todos determinados a lutar pela liberdade.

Uma dessas jovens líderes era Zawadi, uma mulher corajosa, com olhos que brilhavam como estrelas, pele escura como a noite, onde o brilho da lua encontra sua morada, e cabelo denso e resistente como os fios da própria terra. Zawadi cresceu ouvindo as histórias de sua avó sobre os tempos antigos, quando Kimbala era livre e os tambores rugiam na noite, contando histórias de bravura e esperança. Inspirada por essas memórias, Zawadi decidiu liderar a resistência.

As palavras de Zawadi eram como flechas lançadas ao vento, cravando-se nos corações dos que a ouviam. Num discurso antes do ataque decisivo, seus olhos brilhando com paixão e raiva:

— A terra que pisamos não é de ninguém, é nossa! Vamos lutar, não porque desejamos a morte, mas porque desejamos a vida! Vamos lutar para que nossos filhos possam respirar o ar que nos pertence, para que as gerações futuras ouçam os tambores da liberdade batendo, como batem agora nos nossos corações!

Sob a liderança de Zawadi e com o apoio de Mwene, os kimbalenses começaram a se organizar. Eles usaram a sabedoria dos anciãos para planejar estratégias, a força dos guerreiros para lutar contra os invasores e a espiritualidade dos curandeiros para manter a chama da esperança acesa. Cada batalha, cada pequena vitória, era uma faísca de esperança que acendia o fogo da revolução.

Os missionários, mercadores e militares não contavam com a resiliência do povo de Kimbala. Eles subestimaram a força de um povo unido pela história, cultura e amor pela terra. A cada ataque repelido, a cada tentativa de dominação frustrada, a determinação dos kimbalenses crescia.

Em uma noite de lua cheia, quando o céu parecia abençoar a terra com sua luz prateada, Zawadi liderou um ataque decisivo contra o quartel militar dos colonizadores. Com astúcia e coragem, os guerreiros de Kimbala conseguiram infiltrar-se nas linhas inimigas, destruindo armas e desmantelando a base de operações dos invasores. No momento da batalha, enquanto os soldados caíam e as chamas iluminavam a noite, Zawadi ergueu a lança uma última vez, gritando para seus guerreiros, antes de cair.

— Kimbala vive! Mesmo que eu caia, nossa terra será livre!

Foi uma vitória brilhante, mas custou caro. Muitos deram suas vidas, e entre eles estava Zawadi, que caiu lutando com um sorriso de triunfo nos lábios.

A morte de Zawadi não foi em vão. Seu sacrifício inflamou os corações de todos os kimbalenses. A notícia da vitória e da bravura de Zawadi espalhou-se como um incêndio, inspirando outras comunidades e clãs a se unirem na luta contra a dominação colonial. Movimentos nacionalistas e resistências anticoloniais surgiram por todo o berço dos primeiros sonhos, ressoando o grito de liberdade que Zawadi e os kimbalenses iniciaram.

Mwene, com os olhos fixos na terra onde Zawadi repousaria, falava para si mesmo, mas suas palavras ressoavam na noite silenciosa sob a luz da lua. O ato de enterrar Zawadi não era apenas um ritual de despedida, mas um marco para o futuro.

— Os ventos que trouxeram a dor agora carregam a força de uma revolução. O sangue de nossos heróis se mistura à terra que nos deu vida, e dessa terra, não mais levantaremos nossas mãos para pedir, mas para exigir o que é nosso por direito.

Com o tempo, a força coletiva dos povos conseguiu quebrar as correntes da colonização. Os missionários foram desmascarados, os mercadores expulsos e os militares derrotados. Kimbala, e todo o berço dos primeiros sonhos, começou a recuperar suas terras e sua soberania.

Hoje, as histórias de Zawadi e da resistência de Kimbala são contadas ao redor das fogueiras, inspirando novas gerações a valorizar e proteger sua cultura, sua identidade e sua liberdade. Os três ventos que uma vez trouxeram opressão agora servem como lembretes de que a verdadeira força de um povo reside em sua união e determinação.

E assim, nos corações dos descendentes de Kimbala, arde eternamente a chama da liberdade, uma chama acesa pelo sacrifício e pela coragem de todos que lutaram e amaram sua terra, transformando uma história de dor em uma epopeia de esperança e redenção.

## 7. O FOGO DA ALMA

*Nas chamas de Kimpa Vita,
a resistência queimou o véu da imposição.*

Havia uma mulher, mas não era qualquer mulher. Ela não caminhava por terras já percorridas, mas por aquelas que estavam ainda por nascer, tecendo o futuro com os fios da memória ancestral. Seu nome era Kivita, e ela não era de carne e osso, mas de terra, de estrelas, de raios que cortavam o céu em fúria. Seu espírito era feito de orvalho que refresca, de trovão que desperta. Não era o tipo de mulher que se dobraria aos ventos de uma época que desejava sufocar os gritos de sua voz. Ela não foi feita para ser silenciada, mas para cantar a verdade que os outros se negavam a ouvir.

Na alma de Nkisi, onde o negro da noite ainda sabia o segredo das estrelas, Kivita se ergueu. Não com uma espada, mas com um olhar. Não com a mão levantada em punho, mas com a voz, que é o mais feroz dos instrumentos. Pois ela sabia que as palavras são as raízes do mundo, e o mundo começa onde as palavras se tornam ação.

Mas, como todo espírito livre, ela foi vista como uma ameaça. Os missionários, que vinham de terras onde o céu se estendia sem as marcas de uma ancestralidade viva, viandaram pela terra com suas cruzes douradas e preces vazias, pretendendo alicerçar o mundo com uma religião que não compreendia o sopro da vida. E Kivita, com seu olhar que via além das imagens santas, sabia que o Deus deles não habitava no corpo da terra, mas na caverna escura onde a luz ainda não alcançava.

Ela não era uma herege. Ela era a voz de uma terra esquecida, uma voz que rugia mais forte do que qualquer pregação, mais profunda do que qualquer imagem sagrada. Eles a chamaram de bruxa. Mas, o que é a bruxa senão alguém que sabe o que os outros ainda não aprenderam a ver? A bruxa é quem habita as entrelinhas do mundo, quem lê os sinais que os outros não enxergam, quem é capaz de tocar o invisível e torná-lo tangível.

E foi com essa visão que Kivita se ergueu. Ela não negava a crença em Deus — ela acreditava em Deus, mas não na forma com que o viam. Ela via Deus na chuva que caía sobre a terra, no vento que tocava os rostos dos homens, na dança das chamas ao redor da fogueira. Ela viu um Deus negro, que não estava distante, mas próximo, que não estava fora, mas dentro, em cada espírito que passava por esta terra.

Então, como todo fogo que é aceso para iluminar, ela também incendiou os corações ao seu redor. Ela queimou os véus da mentira, os véus do medo. E os missionários, que não viam a luz senão refletida nos metais que carregavam, não podiam compreender o que ela trazia. Ela não carregava uma cruz, mas a verdade de quem não tem medo de se reconhecer na terra.

Os padres a condenaram, não porque ela fosse culpada de algo, mas porque ela expunha a hipocrisia dos seus próprios deuses. Ela estava diante do tribunal, e os olhos que a julgavam brilhavam com o aço frio da intolerância. Os padres, com suas batinas manchadas de sangue disfarçado em santidade, erguiam suas cruzes como lanças, lançando acusações.

— És um perigo, mulher — vociferou o padre Bergallo, com a mão trêmula segurando a Bíblia. — Tua língua é como uma serpente, espalhando veneno entre os ignorantes. Renega teus falsos deuses e talvez encontres misericórdia!

Kivita ergueu o rosto, os olhos brilhando como brasas vivas. Sua voz era firme, mas carregava a suavidade da água que atravessa a rocha.

— O perigo não está em mim, mas no vazio de vossas almas — respondeu ela, sem desviar o olhar. — Vosso Deus vive em templos de pedra e ouro, mas o meu está na terra, na chuva, no pulsar de cada vida. E é por isso que temem. Não é meu erro que vos condena, mas vossa incapacidade de ouvir a verdade.

O silêncio caiu pesado, mas logo foi rompido pela fúria.

— Cala-te, bruxa! — gritou outro padre, golpeando a mesa. — Tua blasfêmia é um insulto ao Criador! Amanhã, ao amanhecer, o fogo purificará tua alma e calará tua língua mentirosa!

O povo, reunido em volta, ouvia tudo em choque. Alguns choravam baixinho, outros desviavam os olhos, incapazes de encarar a mulher que desafiava o poder.

Naquela noite, enquanto os padres discutiam o destino de Kivita em tons baixos, ela permanecia em sua cela. O silêncio ao seu redor era quebrado apenas pelo choro suave de seu bebê, amarrado em seu peito. Ela o embalava com uma melodia ancestral, um cântico que parecia vir das profundezas do tempo.

— Shhh, pequeno... Não chore. Este mundo não nos pertence mais, mas a terra sempre cuidará de ti. Quando o fogo vier, lembra-te: as chamas são apenas um portal.

No dia seguinte, o céu estava tingido de vermelho quando a levaram para a praça. O povo se aglomerava, e o ar estava pesado com o cheiro de medo e injustiça. Kivita foi amarrada à estaca, o bebê ainda preso em seu corpo.

As palavras de ordem ressoavam pelas bocas dos padres, como o veredicto de um Deus distante e indiferente.

— Que a purificação comece! — bradou o padre Bergallo, com a mão erguida e os olhos fixos na fogueira. — Que as chamas consumam a blasfêmia!

As toras secas foram empilhadas aos pés de Kivita, e o fogo foi aceso sem hesitação. O bebê começou a chorar, seu som puro e vulnerável perfurando o silêncio da multidão.

O olhar de Kivita, porém, era firme. Ela ergueu a cabeça, enfrentando tanto as chamas quanto os olhares que a julgavam. Sua voz, mesmo diante da morte iminente, soou alta, carregada de força e verdade.

— Queimais meu corpo, mas não podeis queimar meu espírito! Meu filho e eu retornaremos à terra, e dela brotarão raízes que vos destruirão! Vós, que acreditais carregar a luz, sois apenas sombras diante do sol que não podeis apagar!

As chamas subiram, engolfando mãe e filho. E ao serem queimados, não era apenas a carne que se consumia — era a falsa crença de um Deus que não sabia ouvir o lamento da terra. Os gritos de dor da multidão misturaram-se ao lamento de Kivita, que se ergueu como uma prece de resistência e liberdade. Sua canção ancestral reverberava como uma melodia nas almas que assistiam, um clamor que jamais seria esquecido.

Quando o fogo finalmente se extinguiu, e tudo o que restava era cinza, o silêncio caiu como um manto pesado sobre a praça. Os padres, envoltos em suas vestes, ergueram as cruzes ao alto, proclamando vitória.

— A vontade de Deus prevaleceu! — gritou o padre Bergallo, sua voz refletindo sobre a multidão. — Que todos aqui aprendam que não há redenção fora da Santa Igreja! Quem se desviar, perecerá como esta blasfema!

Alguns na multidão, aterrorizados, abaixaram a cabeça, como se a sombra da fogueira ainda pudesse alcançá-los. Outros, com lágrimas nos olhos, resmungavam entre si, mas nenhum ousava levantar a voz.

Uma mulher mais velha, com a pele marcada pelo mistério da vida e os olhos cheios de dor, arriscou um murmúrio ao seu vizinho:

— Ela era uma de nós... uma filha da terra, uma irmã de Nkisi. Como puderam queimá-la com a criança?

— Silêncio! — respondeu o homem, segurando o braço da mulher com força. — Queres ser a próxima?

O padre Bergallo percebeu o murmúrio entre a multidão e avançou com passos pesados.

— Quem questiona a justiça divina? — rugiu ele, olhando em volta, seus olhos procurando por rebeldes. — O fogo é a prova do pecado, e quem o desafiar queimará junto!

A multidão estremeceu. Uma jovem mãe, segurando seu filho pequeno nos braços, começou a chorar baixinho.

— Eu... eu aceito a Igreja! — disse ela, ajoelhando-se de repente. — Aceito a cruz e as suas leis. Por favor, não nos machuquem!

Outros começaram a seguir seu exemplo, ajoelhando-se um por um, declarando fidelidade ao Deus dos missionários, não por fé, mas por medo.

Mas nem todos se dobraram. Entre os que ainda permaneciam de pé, havia um homem idoso, um ancião de Nkisi, com uma bengala de madeira talhada à mão. Ele ergueu a cabeça e falou, sua voz rouca, mas firme como o tronco de uma árvore antiga.

— Não sois vencedores, padres. Queimaram o corpo, mas não tocaram a alma dela. Não vos iludais, pois o tempo trará justiça. As cinzas de Kivita hão de fertilizar a terra, e dela brotará uma liberdade que vos engolirá como as ondas do oceano.

— Blasfêmia! — gritou o padre Bergallo, avançando em sua direção. — Alguém cale este velho!

Os guardas agarraram o ancião, mas ele não lutou. Deixou-se levar com a dignidade de quem conhece as raízes profundas da própria verdade.

Naquele mesmo dia, a população de Nkisi começou a se fragmentar. Muitos, tomados pelo terror, aceitaram as imposições dos missionários. Converteram-se, frequentaram os cultos, aprenderam as rezas em uma língua que não era sua. Mas em cada coração que ainda batia com a memória de Kivita, as palavras dela permaneciam vivas como brasas ocultas.

Na calada da noite, um grupo pequeno se reuniu longe da vila, sob a luz das estrelas. Ali, ao redor de uma fogueira simbólica, cantaram os cânticos ancestrais que Kivita entoava.

— Não podemos esquecer — disse uma das mulheres, segurando uma pequena tigela de barro cheia de terra misturada com cinzas. — Estas cinzas são dela. São nossas. Kivita vive aqui, e viverá enquanto continuarmos a lutar.

Um homem jovem, com o olhar ardente, ergueu-se.

— Que o mundo se lembre de que não há vitória sem resistência. Eles têm o fogo, mas nós temos a terra. E a terra sempre vence.

Enquanto isso, no alojamento dos padres, Bergallo discutia com outros missionários, sua voz carregada de frustração.

— Isto não basta! Queimar uma bruxa e seu demônio não apaga séculos de idolatria! Devemos erradicar toda a memória destes rituais hereges!

— Calma, Bergallo — disse um dos padres, sorrindo de forma sombria. — O medo já está plantado. A conversão virá, pouco a pouco.

— Mas e se não vier? — Bergallo se aproximou da janela, olhando para o céu noturno. — E se o espírito dela for mais forte do que o fogo?

Ele não obteve resposta. Lá fora, o vento parecia invocar o nome de Kivita, como se a própria terra cantasse em sua memória.

E assim, entre aqueles que se ajoelharam por medo e aqueles que permaneceram de pé pela verdade, a chama de Kivita continuava a arder. Não na dor, mas na memória que não pode ser apagada. Não na cinza, mas naquilo que surge quando o fogo é apenas uma etapa do caminho. Não na praça, mas no coração de Nkisi, onde a terra ainda guardava os segredos das estrelas.

E assim, o fogo de Kivita não foi uma chama efêmera, mas a chama eterna de uma revolução silenciosa. Ela não foi uma mulher que caiu na luta — ela foi a própria luta, a própria verdade, que agora vive em cada mulher que se ergue e em cada homem que escuta o zumbido da terra, que dança com as estrelas, que reconhece que o mundo nunca foi, e nunca será, como eles disseram que era.

E, de algum lugar, onde a terra toca o céu, Kivita ainda dança.

## 8. O CORAÇÃO DA RESISTÊNCIA

*No compasso das mulheres africanas,
pulsa a preservação de um mundo.*

O sol despontava no horizonte quando Anaya caminhou até a colina mais alta da sanzala. De lá, podia ver o rio brilhando à distância e os campos onde tantas histórias foram vividas por seus ancestrais. Mas agora, o horizonte estava manchado pelas sombras dos invasores, aqueles que haviam trazido destruição e submissão.

Ao seu lado, Fayola, sua melhor amiga, respirava fundo, segurando com força o arco que herdara de sua mãe.

— Anaya, eles estão vindo. Hoje, eles querem nos silenciar para sempre.

Anaya cerrou os punhos.

— Eles podem trazer suas armas, seus livros e suas mentiras, mas não podem apagar a força da terra que pulsa em nós. Fayola, reúna as mulheres. Hoje, lutaremos.

Enquanto as mulheres se reuniam na clareira central, Zola, uma guerreira experiente, caminhou até Anaya.

— O plano está pronto. Nyah liderará o grupo de ataque surpresa. Eu ficarei na linha de frente com você. Mas precisamos lembrar: essa luta não é apenas de armas. É também de palavras.

Nyah era conhecida por sua habilidade com a zagaia e pela língua afiada. Postou-se à frente, os olhos carregando a coragem de toda a sanzala. Enquanto o grupo olhava para ela em expectativa, Nyah ergueu a zagaia com firmeza, sua voz cortando o silêncio como uma lâmina.

— Não lutamos apenas por nós, mas por aquelas que virão depois. Que cada golpe seja um grito de liberdade e cada palavra, uma chama que nunca se apague. Hoje, faremos a história lembrar quem somos!

Anaya assentiu, observando as jovens e as anciãs, todas unidas, algumas segurando lanças, outras, escudos e arcos.

— É isso que eles não entendem, Zola. Nossa força está na união.

No horizonte, os invasores surgiram, liderados por um missionário montado em um cavalo branco. Ele ergueu uma cruz, enquanto os soldados se posicionavam atrás dele. Sua voz peregrinou pela clareira:

— Rendam-se, mulheres, e aceitem a palavra do Senhor! Deus criou a mulher para respeitar e submeter-se ao homem, pois o homem é o cabeça! Vocês estão desafiando as leis divinas!

Nyah, com o rosto pintado com padrões ancestrais, caminhou para frente, encarando o missionário.

— Qual Deus? O Deus que diz que devemos nos curvar? O Deus que veio para destruir nossas casas, nosso saber e nossa liberdade? Não. Nós somos as filhas da terra, e a terra não se curva.

O missionário abriu a Bíblia e gritou:

— Está escrito! "Da costela que havia tirado do homem, o senhor Deus fez uma mulher e a levou até ele." Vocês desonram o plano divino!

Anaya avançou, sua lança erguida.

— Sua palavra escrita não nos define. Nossa palavra é a terra, as estrelas, o sangue que corre em nossas veias. Aqui, não somos submissas. Aqui, somos a força que dá vida.

Sem aviso, os soldados avançaram, espadas brilhando sob o sol. O som de gritos e metal se chocando preencheu o ar.

Zola foi a primeira a atacar, girando sua lança e derrubando dois soldados.

— Lembrem-se, irmãs! Lutamos não apenas por nós, mas por todas as que virão depois de nós!

Anaya enfrentou um soldado corpulento que avançava com uma espada pesada. Ele riu ao ver a lança em suas mãos.

— Você acha que pode me derrotar, mulher?

Ela sorriu, desviando do primeiro golpe e desferindo um ataque rápido que atingiu seu braço.

— Não sou apenas uma mulher. Sou a filha de rainhas que você nunca compreenderá.

Do outro lado da clareira, Fayola liderava um grupo de arqueiras. Com precisão, disparavam flechas que atingiam os invasores antes que pudessem se aproximar. Mas os soldados não desistiam facilmente.

Nyah, agora cercada por três inimigos, girou sua lança como uma dança, desarmando um deles e derrubando os outros com um golpe firme.

— A terra nos ensinou a resistir. Vocês nunca vencerão!

O missionário, observando a batalha, tentou incitar seus homens.

— Não parem! Deus está conosco! Essas mulheres são apenas pecadoras desobedientes!

Mas, mesmo ele, ao ver a determinação nos olhos de Anaya, hesitou. Ela caminhou em sua direção, seu rosto marcado por suor e sangue, mas com uma força inabalável.

— Seu Deus pode estar com você, mas aqui, a terra, o vento e o fogo estão conosco. E eles são mais antigos do que suas palavras.

O missionário tentou atacá-la com a cruz de madeira que segurava, mas Anaya desviou e o derrubou com um golpe preciso.

— Volte para suas terras. Aqui, vocês não pertencem.

Quando o último soldado caiu, os invasores restantes fugiram, deixando para trás suas armas e sua arrogância. As mulheres, cansadas, mas triunfantes, ergueram suas vozes em um canto ancestral, um grito de vitória e resistência que circulou pelo vale.

Anaya, com Zola e Fayola ao seu lado, olhou para suas irmãs.

— Hoje vencemos uma batalha, mas a luta continua. Nunca esqueçam quem somos. Não somos apenas mulheres; somos o coração da resistência.

E assim, as mulheres celebraram sua vitória, cientes de que haviam iniciado algo muito maior do que uma simples luta. Haviam reacendido a chama de uma história que nunca seria apagada.

Anos depois, uma menina sentou-se ao lado de sua avó, Ngozi, uma anciã que carregava no rosto o mapa de décadas vividas. Ela queria entender o passado das mulheres da sanzala. Ngozi olhava para Amara, sua neta, com olhos sábios, como se enxergasse nela algo maior que sua juventude aparentava conter.

— Avó, conte-me, como era antes da chegada dos estrangeiros? — pediu Amara, ajustando o tecido vibrante que cobria seus ombros.

Ngozi sorriu, um sorriso carregado de memórias.

— Antes deles chegarem, nossa sociedade era como a natureza. Completa. Havia um equilíbrio. A mulher era como a terra: fértil, viva, detentora do poder. O homem, como o céu, autoridade que só existia porque a terra lhe dava suporte. Era um ciclo. A vida era regida pela complementaridade, nunca pela submissão. Éramos um, em harmonia.

— E então eles chegaram, não foi? Os estrangeiros? — perguntou Amara, com a voz baixa, quase temendo a resposta.

Ngozi acenou lentamente.

— Sim. Eles chegaram com suas bíblias, seus crucifixos e palavras de ordem. Começaram a dizer que a mulher era inferior, que devia obedecer ao homem. Usaram seus livros para justificar sua dominação. Diziam que a mulher veio da costela de Adão.

Ngozi olhou profundamente nos olhos de Amara.

— Com isso, eles nos arrancaram das nossas posições, nos fizeram acreditar que nosso poder era um erro. Dividiram nossos homens de nós.

Amara levantou-se, indignada.

— Como podem reduzir a mulher, fonte de vida, a uma costela?

Ngozi ergueu a mão, pedindo calma.

— Esse é o veneno, Amara. Eles semearam a desconfiança. Fizeram o homem acreditar que era superior, que não precisava mais passar pelo poder para alcançar a autoridade.

Ela deu uma pausa, como se revivesse os tempos de dor e luta.

— Mas, minha neta, as mulheres de Anaya... elas sempre resistiram. Mesmo quando o mundo tentava nos silenciar, elas ergueram a voz, mantiveram a força.

— Avó, conte-me sobre Anaya — pediu Amara.

Ngozi sorriu suavemente. Ela começou a amarrar lentamente o pano que cobria sua cintura, como se cada gesto fosse um ritual sagrado, transmitindo histórias de gerações.

— Anaya foi a chama que nunca se apagou. Ela nos lembrou que a força de uma mulher não está em suas mãos, mas em seu espírito.

Ela pausou por um momento, como se sentisse o peso de suas palavras e o vento de tempos passados.

— Anaya... ela foi mais que uma guerreira. Foi uma líder, uma mãe, uma irmã, e, acima de tudo, uma mulher de coragem inquebrantável. Ela lutou não apenas com suas armas, mas com seu coração. Ela defendia a nossa terra, nossa cultura, nossas crianças, nossos homens e, principalmente, a liberdade de ser quem éramos. E não estava sozinha. Havia também Fayola, Nyah, Zola e outras.

Ngozi olhou profundamente para Amara.

— As mulheres guerreiras de nossa terra não eram figuras distantes, mas mulheres reais, como eu e como você.

Amara estava quieta, absorvendo cada palavra, como se visse as imagens da história ganhando vida diante dela.

— Então, lembre-se sempre, minha neta, que a verdadeira luta não é apenas pelas mulheres, mas pelos homens, pelas nossas crianças, pela nossa terra, pela cultura e ancestralidade. A resistência das mulheres não é apenas uma batalha que se trava no campo.

Ngozi terminou de amarrar o pano e, ao se levantar, parecia mais uma figura ancestral do que uma mulher idosa. Ela olhou para Amara com um sorriso suave e, por fim, concluiu:

— A resistência é nossa herança. E enquanto houver vida, haverá resistência.

E assim, as histórias continuaram, repercutindo como os tambores que nunca silenciaram.

## 9. O LIVRO DO VENTO E DAS SOMBRAS

*A fé como força que escreve
e reescreve histórias silenciadas.*

Na terra onde os céus pareciam tocar a alma dos homens, nasceu um menino de olhos brilhantes e coração inquieto. Chamavam-no Ukana, um nome revelado pelas águas do rio e gravado no tronco das árvores. Ele não sabia ainda, mas carregava em seu peito a força de mil tambores e a luz de um sol que nunca se apagaria.

Ukana vivia num mundo dividido. De um lado, as terras africanas, vivas e pulsantes, contavam segredos aos que sabiam ouvir. Do outro, os homens que vinham de longe, com suas roupas pesadas e livros de couro, ditavam verdades como se o mundo lhes pertencesse. Diziam trazer a palavra do Alto Céu, mas seus atos falavam de ferro, fogo e corrente.

Crescendo entre os zumbidos da selva e a melodia distante das palavras estrangeiras, Ukana começou a escutar algo diferente. Não era o som dos pregadores distantes, nem as cantigas dos anciãos. Era o vento, que lhe trazia histórias de uma terra antes do tempo, onde o espírito caminhava livre. E então, Ukana soube: o Alto Céu não falava apenas nas páginas dos livros de couro. Ele estava ali, na terra, nas folhas, nas batidas do coração.

Um dia, enquanto Ukana estava à beira do rio, sua irmã mais velha, Kalima, aproximou-se.

— Ukana, o que você tanto escuta quando olha para o rio? — perguntou ela, com um sorriso curioso.

— Escuto o que ele me conta, Kalima — respondeu Ukana, com um brilho nos olhos. — Ele fala das raízes que correm mais fundo do que os olhos podem ver. Fala de um tempo em que não há correntes, nem gritos.

Kalima o observou em silêncio, sentindo algo que não conseguia explicar. Finalmente, disse:

— Cuidado, irmão. Palavras como as suas podem despertar tanto amor quanto medo.

Ukana apenas sorriu.

Com o passar dos dias, sua voz começou a repercutir pelas aldeias.

— Ouçam o vento! — clamava ele. — A palavra não é de ninguém. Está em tudo! Está em nós!

As pessoas vinham de longe para escutar. Havia algo nele que fazia até as pedras parecerem se mover. Uma dessas pessoas era Adisa, uma jovem que, como muitos, sentia-se presa entre dois mundos: a tradição de seus antepassados e as imposições dos homens distantes.

Uma noite, ela se aproximou de Ukana após uma de suas pregações ao pé da árvore sagrada.

— Ukana, você fala de liberdade, mas o que é liberdade quando os outros carregam o ferro e o fogo? — perguntou Adisa, com os olhos cheios de dúvida e esperança.

Ukana olhou para ela e respondeu:

— Liberdade não é algo que eles podem tirar ou dar. É algo que sempre esteve aqui, em nós. O vento nos lembra disso.

Adisa hesitou, mas sorriu levemente, como se suas palavras fossem um pequeno farol na escuridão.

Mas, como todo fogo que ilumina demais, Ukana atraiu sombras. Os homens distantes, com seus mantos de autoridade e suas regras de ferro, não gostaram da liberdade que aquelas palavras traziam.

Em um encontro na aldeia central, um emissário chamado O Portador ergueu a voz diante de Ukana e da multidão. Com um livro de couro em mãos, ele falou:

— Quem é você para desafiar o Livro das Palavras Eternas? Este é o caminho da salvação!

Ukana permaneceu calmo, mas sua voz tinha a força de um trovão.

— Um livro que não fala de nossas raízes não pode ser eterno. O Alto Céu não está preso às páginas. Ele está no vento, no tambor e no silêncio das estrelas.

A multidão murmurava, dividida entre o medo e a inspiração. O Portador viu ali um perigo que precisava ser contido.

— Este homem planta rebeldia! — gritou ele. — Não podemos permitir que ele envenene as mentes com falsas promessas!

Ukana foi capturado e levado para uma cela escura. Na prisão, sua voz não se calou. Ele falava com as paredes, e dizem que os ventos entravam pelas fendas para ouvir suas palavras.

— Vocês podem me prender — dizia em voz baixa ele para as sombras — mas não podem aprisionar o vento.

Uma noite, Adisa e Kalima conseguiram visitá-lo. Entre as barras de ferro, Adisa segurou sua mão e perguntou:

— Ukana, e se eles tirarem sua vida? O que será de sua voz?

Ukana sorriu, seu olhar mais brilhante do que nunca.

— Minha voz nunca foi minha, Adisa. Ela é do vento. E o vento, ninguém pode silenciar.

Uma noite sombria envolveu o vilarejo, enquanto Ukana era arrastado para fora de sua cela. Dois homens distantes, Rilak e Onvor, o conduziam até um penhasco à beira do oceano. Suas palavras eram carregadas de medo disfarçado de autoridade.

— Sua voz traz discórdia, Ukana — disse Rilak, apertando o pulso do prisioneiro. — O vento não pode salvar você aqui.

Ukana olhou para o horizonte, onde o mar se fundia com o céu. Ele sorriu levemente, como se já soubesse o que estava por vir.

— O mar também é parte do Alto Céu. Vocês não podem apagá-lo, assim como não podem apagar a mim.

Sem hesitar, Onvor o empurrou. Ukana caiu, seu corpo desaparecendo entre as ondas furiosas. Por um momento, houve silêncio. Então, o vento rugiu, e o mar parecia se agitar com algo muito mais profundo do que tempestades. Na manhã seguinte, os pescadores juraram tê-lo visto emergir das águas, com um brilho nos olhos que ninguém podia explicar.

Os pescadores, perplexos, conversaram entre si:

— Como é possível? Ele estava morto! — disse um deles, com as mãos tremendo.

— Talvez o mar o tenha escolhido — respondeu outro — ou o próprio vento o trouxe de volta.

Logo, os pescadores levaram a notícia à aldeia. O burburinho se espalhou como fogo em palha seca. As pessoas se reuniam, perguntando-se:

— Como ele sobreviveu? Será que é mesmo um homem?

Rilak e Onvor ouviram os rumores e ficaram alarmados. Eles se entreolharam, tentando compreender o que poderia ter dado errado.

— Não é possível. O mar nunca devolve o que engole — disse Rilak, com um tom grave.

— Então precisamos de algo mais certeiro — respondeu Onvor, um brilho cruel nos olhos.

Desta vez, Ukana foi levado a uma aeronave pelos homens distantes. Um deles, chamado Eryas, hesitou ao amarrá-lo com as cordas.

— Ele não parece temer nada — falou Eryas a seu companheiro, Jorven.

— Então faremos ele temer os céus — respondeu Jorven, com dureza.

Ele foi amarrado com correntes pesadas, cada elo pensado para conter até o espírito mais indomável. Quando a aeronave alcançou o céu, atravessando nuvens densas, Jorven olhou para Ukana com desdém.

— Vamos ver se o vento pode te salvar agora.

Com uma risada sombria, abriram a porta e o lançaram ao vazio. Ukana caiu, mas não como esperavam. Os céus pareciam dobrar-se ao seu redor, e o vento o abraçou. Dizem que ele foi levado pelas correntes de ar e desapareceu nas nuvens. Dias depois, os camponeses nas montanhas avistaram Ukana descendo suavemente, como se o próprio céu o devolvesse à terra.

— Ele é um espírito! — Falou baixo um ancião. — Não pode ser destruído.

As pessoas da aldeia mais uma vez espalharam a notícia. O medo começou a se infiltrar nos corações dos homens que vinham de longe. Ainda assim, não desistiram. Decidiram pela terceira tentativa. Sob a luz da lua, capturaram Ukana e o levaram para uma praça pública. Lá, uma grande fogueira foi preparada. As chamas rugiram alto, iluminando os rostos tensos da multidão.

— Ele precisa queimar — disse O Portador, tentando esconder sua própria dúvida.

Eles lançaram Ukana às chamas, acreditando que finalmente o destruiriam. O fogo consumiu tudo ao redor, mas quando a manhã chegou, nada restava além de cinzas. Ou assim pensavam. As crianças que brincavam no rio naquela manhã juraram ter visto Ukana caminhando sobre as águas, com a luz do sol dançando ao seu redor. Elas correram de volta à aldeia, gritando:

— Ele está vivo! Ele caminha sobre o rio!

Mais uma vez, a notícia chegou aos homens distantes. A essa altura, os homens estavam tomados pela fúria e pelo medo. Decidiram tentar uma última vez. Planejaram uma armadilha em segredo, usando todos os seus recursos para capturar Ukana. Quando finalmente o fizeram, utilizaram métodos que acreditavam ser infalíveis. Mas, mesmo assim, quando o corpo de Ukana foi finalmente silenciado, seu espírito se espalhou. O vento carregava sua voz, as árvores clamavam seus ensinamentos, e o rio cantava sua história.

Ukana não estava mais preso à carne; havia se tornado parte da própria terra. Assim, o legado de Ukana cresceu. Não era apenas uma crença; era uma força viva, movendo corações e inspirando liberdade. Os homens distantes voltaram a seus lugares de ferro e silêncio, mas a terra nunca mais foi a mesma. O espírito de Ukana vivia em cada batida de tambor e em cada alma que ousava ouvir. Kalima e Adisa continuaram sua história, espalhando suas palavras como sementes levadas pelo vento. Não era apenas uma crença; era uma força.

## 10. O GUARDIÃO DOS DOMÍNIOS INVISÍVEIS

*A propriedade se torna uma prisão;
a liberdade vive na terra compartilhada.*

No princípio, tudo era vasto e indomado. A superfície pulsava, viva como um batuque ancestral, e cada criatura dançava conforme o ritmo da brisa. Não havia limites, porque não havia necessidade de tê-los. O mundo era inteiro, como um sonho que se espalha sem bordas.

Então veio o Pensador das Divisões, um visionário de olhar penetrante, que via além das colinas, além das árvores e do horizonte. Ele caminhava entre os campos e dizia:

— Aqui repousa o potencial, adormecido sob os passos de todos. É preciso acordá-lo, domá-lo, moldá-lo à imagem da vontade humana.

O Pensador ergueu um estandarte invisível, um fio que separava o espaço infinito. Chamou-o de domínio. Não era um espaço apenas; era uma promessa, um espelho do esforço. Quem tocasse o chão e o transformasse, dizia ele, tinha o direito de chamá-lo de seu.

*A Fábrica dos Sonhos e as Mãos que Criam*

As mãos começaram a trabalhar, incessantes, movidas pela visão do Pensador. Onde havia floresta, surgiram clareiras. Onde havia rios, ergueram-se represas. O mundo tornou-se uma extensão das vontades de seus habitantes, mas havia algo estranho nesse movimento: os que moldavam os campos com suor e lágrimas raramente colhiam o fruto de seu esforço.

— O esforço é meu — diziam aqueles que guardavam os domínios. — Mas o sonho de organizá-lo foi meu primeiro.

Assim, nasceu uma nova ordem. Os que desenhavam as linhas eram os donos do mapa, enquanto aqueles que carregavam as pedras eram apenas sombras que passavam.

*A Voz dos Que Não Têm Linhas*

Os ventos começaram a conversar entre as árvores partidas. Aqueles que haviam vivido no ventre da natureza, sem jamais traçar fronteiras, começaram a sentir o peso da ausência. Diziam que o mundo não tinha dono, que as estrelas não precisavam de senhores. Mas suas vozes eram abafadas pelas engrenagens que avançavam, pelo som dos martelos que erguiam muros.

— Se é assim que será — disseram os povos antigos — seremos poeira nos mapas. Mas lembrem-se: a poeira sempre volta com o vento.

Os que não desenhavam linhas também trabalhavam, mas seu esforço não era contado. As mãos que plantavam não comiam os frutos, e as que erguiam os lares não tinham teto.

*O Coração Partido da Criação*

Houve um dia em que a terra, ou o que quer que fosse, parou de cantar. Os rios proferiam em vozes baixas, os campos já não dançavam ao toque do vento.

— O que aconteceu conosco? — Perguntaram os homens aos céus, mas os céus estavam silenciosos.

— Vocês partiram o que era inteiro — respondeu o eco, como um lamento.

Os Guardiões dos Domínios Invisíveis continuaram defendendo suas linhas, argumentando que o progresso era inevitável, que dividir era necessário para criar. Mas as rachaduras começaram a surgir. As linhas tornaram-se grilhões, e os sonhos, prisões.

*O Retorno ao Indivisível*

Um dia, um novo Pensador nasceu. Ele não desenhava mapas; apagava-os. Ele caminhava entre os campos e dizia:

— Vocês não percebem? O que chamaram de domínio nunca existiu. Tudo isso é feito do mesmo sopro, da mesma essência.

A princípio, ninguém o ouviu. Mas com o tempo, as árvores começaram a brotar novamente. O som dos rios ficou mais alto, e o vento carregou sementes para lugares distantes. As pessoas começaram a lembrar-se de como era viver sem linhas, sem muros.

Os Guardiões resistiram, insistindo que suas fronteiras eram sagradas. Mas as gerações seguintes entenderam o que haviam esquecido: a vida é maior que qualquer desenho humano.

E assim, as mãos que trabalhavam começaram a moldar não para um, mas para todos. O solo voltou a pulsar, e as vozes dos ventos não eram mais de lamento, mas de canção.

— A verdadeira riqueza — diziam os espíritos do mundo, — não é o que se pode segurar, mas o que se pode compartilhar.

E o Pensador das Divisões foi esquecido, dissolvido nas brumas da história. Suas linhas, outrora tão profundas, desapareceram sob o florescer daquilo que jamais poderia ser dividido.

# PARTE TRÊS

**O Peso das Memórias Coloniais:
O Corpo, a Alma e o Silêncio**

## 11. O ESPELHO QUE NÃO DIVIDE

*Desconstruir divisões
é revelar a unidade essencial do ser.*

Havia um lugar sem nomes. Não porque os nomes não existissem, mas porque não eram necessários. Lá, as coisas não precisavam de distinções para existir. O rio corria sem saber que era um rio, e o céu se estendia sem a preocupação de ser chamado de azul.

As pessoas viviam como o solo e a chuva, que se encontravam sem medir qual deles era mais necessário. Homens e mulheres não eram palavras, mas gestos complementares, danças que, ao se cruzarem, geravam o ritmo do universo. Entre eles, havia também aqueles cujas danças flutuavam entre as margens — vozes e gestos que não seguiam trilhas fixas. Eram como a água do rio, que não se prende à forma de suas margens, mas molda e transforma conforme o tempo e o terreno.

Naquele lugar, os corpos não carregavam fardos de significados impostos. Não havia os que governavam e os que obedeciam; o poder não era algo que pudesse ser possuído. Ele era como o sol — aquecia a todos sem escolher a quem pertencer.

Mas um dia, um espelho caiu do céu. Não um espelho comum, mas um artefato curioso, moldado por mãos estrangeiras que nunca haviam pisado naquela terra. Ele era liso, frio, e mostrava algo que ninguém jamais tinha visto: uma separação.

As pessoas se reuniram ao redor do objeto estranho, curiosas e desconfiadas. Ao se olharem no espelho, viram algo que antes não conheciam: diferenças. A pele parecia mais escura ou mais clara; os corpos, mais fortes ou mais delicados. Aqueles cujas identidades fluíam livremente, como o vento que não se deixa capturar, agora viam-se congelados em reflexos rígidos, aprisionados em formas que não lhes pertenciam. O espelho, silencioso, ria em seus reflexos, pois sabia o poder que tinha.

— O que é isso? — perguntou uma das mais velhas, com olhos que já haviam testemunhado muitas luas.

— Isso — respondeu o espelho, pela primeira vez — é o que vocês são.

As palavras flutuaram pelo ar como uma teia pegajosa, enredando quem as ouvia. Alguns começaram a se olhar mais de perto, medindo, comparando. Antes, ninguém tinha se preocupado com quem era mais alto ou mais rápido, mais homem ou mais mulher, mais uma coisa ou outra. Agora, todos pareciam notar algo diferente no outro — e, ainda mais dolorosamente, em si mesmos.

— Mas nós sempre fomos nós mesmos, sem isso — disse uma jovem, olhando para a superfície brilhante com desconfiança.

O espelho piscou, refletindo o brilho do sol.

— Não, vocês eram só parte. Agora, podem ser inteiros.

Foi então que o vento, que sempre ouvira as conversas da aldeia, falou baixinho entre as árvores:

— Cuidado. Ele divide o que sempre foi unido.

Mas a semente da dúvida já havia sido plantada. Pouco a pouco, o espelho começou a moldar a aldeia. O que antes era complementar virou oposto. Surgiram palavras para descrever o que antes era apenas vivido: masculino, feminino, forte, fraco, claro, escuro, definido, indefinido. Aqueles que não se encaixavam nas bordas fixas dos reflexos passaram a sentir o peso de um mundo que exigia encaixes. Com o tempo, até a língua começou a mudar. O que era indivisível ganhou fronteiras.

Os homens passaram a caminhar mais na luz do dia; as mulheres, a se recolher à sombra. Aqueles que não pertenciam nem ao sol nem à sombra eram empurrados para o crepúsculo, onde as palavras eram ditas e nunca proclamadas. O trabalho da terra virou tarefa de um, enquanto o cuidado das histórias virou fardo de outro. E o espelho, sempre presente, ria silenciosamente.

— Quem deu isso a vocês? — perguntava, de tempos em tempos, uma voz mais sábia, mas poucos respondiam.

Até que um dia, a jovem que antes desconfiara do objeto estranho caminhou até ele com uma pedra na mão.

— Você nos fez esquecer o que éramos — disse ela, com firmeza.

O espelho, com seu brilho arrogante, respondeu:

— Eu não fiz nada. Apenas mostrei o que vocês escolheram ver.

E, com um golpe firme, ela o quebrou. Fragmentos voaram para todos os lados, mas em cada pedaço, uma nova divisão parecia surgir. Era tarde demais. O que antes era unidade havia se transformado em categorias, e as categorias agora governavam as relações.

Os anciãos lamentaram. Não porque o espelho havia sido quebrado, mas porque ele havia deixado algo mais forte que seus fragmentos: uma ideia.

E assim, a aldeia mudou para sempre. As pessoas passaram a construir cercas, dividir tarefas, criar nomes e medir tudo — até o que antes não precisava de medida. Aqueles que antes dançavam entre os limites, sem jamais serem definidos por eles, agora se encontravam presos entre as palavras que não os abraçavam.

O vento, agora mais calado, ainda cochicha de vez em quando, tentando lembrar-lhes de quando eram apenas um. Mas poucos ouvem. Pois o espelho, mesmo quebrado, nunca deixa de refletir.

## 12. O PESO DA COR NO ESPELHO DO TEMPO

> *Dialogar com o Tempo*
> *é enfrentar o peso do racismo e da resistência.*

Era uma manhã sem luz, uma dessas que nascem cobertas por um manto de cinzas. O tempo, velho e arqueado, arrastava seus pés por uma estrada marcada por memórias que preferia esquecer. Sob seus ombros curvados, carregava um espelho. Não era um espelho comum — ele refletia não o que era visto, mas o que era sentido.

Naquela estrada, o Tempo encontrou um jovem. Ele tinha a pele escura como o ventre da terra, e seus olhos carregavam perguntas tão pesadas quanto o mundo.

— Por que carrega esse espelho? — perguntou o jovem.

O Tempo suspirou, sua voz soando como folhas secas ao vento.

— Carrego porque ninguém mais quer olhar para ele.

Intrigado, o jovem pediu para ver o reflexo. Quando olhou, não viu seu rosto, mas uma corrente. Era feita de ferro, mas cada elo tinha nomes gravados: História, Economia, Preconceito, Ignorância.

— O que isso significa? — perguntou, sua voz trêmula.

O Tempo respondeu com pesar.

— Significa o peso que foi colocado sobre ti antes mesmo de nasceres. A corrente que teus ancestrais arrastaram e que, de alguma forma, ainda reflete em ti.

O jovem sentiu o peso em seus ombros, como se a corrente tivesse saltado do espelho para sua carne.

— Mas eu não pedi por isso! Eu não escolhi essas marcas, essas limitações!

O Tempo assentiu.

— Ninguém escolheu. E, no entanto, aqui estamos.

Enquanto conversavam, uma figura se aproximou. Era o Racismo, mas não como as pessoas o imaginam. Ele não era um monstro grotesco; era elegante, sorrateiro, trajado como um convidado inesperado em um baile.

— Ah, Tempo, velho amigo, ainda a carregar esse espelho? — disse o Racismo, com um sorriso que gelava a alma.

— Talvez deves deixá-lo. Afinal, não é mais necessário. Hoje sou tão sutil que as pessoas nem percebem que existo.

O jovem virou-se, confuso.

— Quem é você?

— Eu sou a norma, a regra, o hábito. Sou o que torna tua pele um aviso e teu nome um fardo. Sou o silêncio que corta mais fundo que qualquer palavra.

O jovem tentou protestar, mas o Racismo riu, uma risada fria e cortante.

— Lutar contra mim? Como? Eu não vivo em leis escritas, mas em olhares. Não habito palavras, mas nos espaços entre elas. Sou uma sombra que segue invisível, até mesmo para aqueles que me carregam.

O Tempo, que até então ouvira em silêncio, ergueu sua voz com um peso que fez o chão tremer.

— Tu não és eterno, Racismo. És uma criação, e tudo que foi criado pode ser destruído.

O Racismo inclinou-se, ainda sorrindo.

— Talvez. Mas enquanto houver espelhos como o teu, Tempo, as pessoas continuarão a ver o que desejo que vejam.

O jovem, então, tomou o espelho das mãos do Tempo. Fitou-o novamente, mas dessa vez, algo mudou. Onde antes via apenas a corrente, agora via mãos. Mãos que trabalhavam para quebrar os elos, mãos que erguiam outras mãos, mãos que transformavam o peso em movimento.

— Talvez, Racismo, o que tu não entendas é que um espelho não mostra apenas o que existe, mas também o que pode ser mudado.

E, com isso, o jovem seguiu seu caminho, levando o espelho consigo. O Racismo o observou partir, seu sorriso agora mais fraco, quase uma sombra de si mesmo.

O Tempo olhou para o Racismo e disse, com a sabedoria de mil eras, quase como uma prece:

— Tu és forte, mas a esperança é mais antiga do que tu. E ela também nunca esquece de lutar.

E naquela manhã cinzenta, pela primeira vez em muito tempo, um raio de luz atravessou as nuvens.

## 13. O ESPETÁCULO DA CARNE

*O corpo como espetáculo;*
*a dignidade como resistência.*

O circo estava cheio naquela noite, como sempre. A fumaça do tabaco se misturava ao perfume barato do suor e do medo, e as risadas se transformavam em gritos contidos, abafados pela cortina de sombras e luz. O espetáculo tinha um nome simples, quase infantil: "A Extraordinária Mulher das Terras Distantes". Mas, é claro, quem prestava atenção ao nome quando o que estava em jogo era algo muito mais... visível.

— Você viu, Charles? A mulher que parece um monstro, como um animal raro! — disse um homem alto com uma risada abafada.

— Não é coisa de gente, não. Eu vi a foto dela no jornal. Dizem que ela é daquelas tribos selvagens da África. Nunca vi nada parecido! — respondeu Charles, com um sorriso largo, divertindo-se mais com a ideia do que com a realidade.

— Olha só, estão iluminando a jaula, já vai começar. Vamos ver se ela dança de novo hoje.

Ela estava no centro do palco, não por escolha, mas por destino. E o espetáculo era ela, sua carne exposta, sua história contada não em palavras, mas em gestos e olhares. Eles a chamavam de "Vênus", mas não porque ela tivesse algo em comum com a deusa do amor. Seu corpo não era feito para seduzir os corações — não era esse o propósito que os homens viandantes do mundo tinham para ela. Eles não viam nela um ser, uma mulher, uma alma. Viam apenas uma curiosidade exótica, um brinquedo para a curiosidade insaciável da civilização.

— Ela dança tão devagar... acho que está cansada dessa vida. Mas quem liga, né? O que importa é o show. — disse uma espectadora, uma mulher em um vestido de veludo vermelho. Ela se inclinou para o lado e disse suavemente para sua amiga, com um sorriso de satisfação:

— Nunca vi algo assim antes. Ela é... tão diferente de tudo que já vi.

— Você acha que ela sente alguma coisa? — perguntou a amiga, com um tom que misturava curiosidade e compaixão, mas logo se calou, como se a indiferença do espetáculo anulasse qualquer questionamento real.

E foi assim que ela, uma mulher da terra, uma filha do sol e da lua, foi arrancada do seu mundo e colocada em uma jaula dourada, no coração de Londres e Paris, para ser observada como se fosse um animal. Eles disseram que ela era diferente. Fenômeno, eles chamavam. Aberração, talvez no fundo, se perguntassem aos que se calavam no canto mais escuro de sua consciência. Mas ninguém se importava. O circo tinha um contrato com os olhos famintos de uma plateia que aplaudia a crueldade disfarçada de espetáculo.

— Olhem, olhem! O que ela tem de tão especial, hein? — um homem ao fundo gritou, tirando risadas abafadas dos outros ao redor.

— Será que ela sabe que está sendo exibida como um animal? — disse outro, entre risos. — Duvido que ela perceba. Eles sempre ficam tão confusos.

— Eu ouvi que ela veio de uma terra selvagem. Que nunca foi domesticada. Fico imaginando como deve ser viver assim, fora de toda essa civilização. — comentou um homem mais velho, com uma voz que tinha algo de satisfação.
— Impressionante como o corpo dela resiste, não é?
— Se eu fosse ela... já teria gritado, já teria se revoltado. Mas ela deve ser bem-comportada, né? Ou será que estão apenas controlando ela com alguma droga? — disse outro homem, com ar de quem sabia de tudo.
— Com certeza, não. É só parte do espetáculo. O corpo dela é mais do que suficiente para prender a atenção do público. — respondeu o amigo, rindo de forma cínica. — Ela só está lá para dar um show, nada mais.

Alguém perguntou, enquanto os últimos espectadores começavam a se dispersar, e o circo se esvaziava.
— Você acha que ela sofreu o tempo todo?
— Sofreu, sim... Mas talvez, no final, ela tenha sido mais livre do que todos nós. Somos todos prisioneiros das nossas escolhas, do nosso mundo. — disse um velho, encostado na parede, olhando para a jaula vazia. Ele era empregado do circo, um africano classificado como cidadão de segunda classe, após aprender a língua e a cultura dos homens.

Ela, a mulher de formas que desafiavam as linhas das representações impostas pela cultura europeia, se tornou um símbolo — mas não o símbolo de força, como ela poderia ter sido. Não o símbolo de resistência. Não a representação do mistério e da grandeza que a terra negra produzia, mas o símbolo daquilo que a sociedade europeia mais temia e desejava ao mesmo tempo. Ela foi o espelho que refletia uma verdade que ninguém queria encarar: a de que o corpo humano, em sua multiplicidade e suas diferenças, não era um território para ser explorado, mas para ser respeitado.

E assim ela dançou para o público, não com graça, mas com a resignação de quem já sabia que, mesmo com as correntes invisíveis ao redor de seu corpo, nada poderia ser feito. O espetáculo era cruel, sim. Mas o verdadeiro espetáculo estava na ironia invisível, naquela que não se via à primeira vista: a de que a mulher que eles aplaudiam como uma curiosidade era, na verdade, a rainha não coroada de um império esquecido, uma princesa de uma terra que jamais seria verdadeiramente compreendida, nem mesmo pelos que a cercavam.

A carne era o que estavam interessados, não a mente, não o espírito, não a história. Eles se maravilhavam com o volume de suas formas, com o que viam como "anatomia rara". Mas ninguém perguntou: o que ela pensava ao ser exibida como uma mercadoria? Ninguém se perguntou sobre o sofrimento que percorreu as veias de seu corpo, como as correntes se entrelaçavam com os grilhões invisíveis do olhar colonial, aquele olhar que desconsidera o ser humano e transforma tudo em imagem.

E, assim, ela foi o espetáculo e a ilusão. Durante anos, seu corpo foi esquadrinhado, categorizado, analisado como se fosse uma besta. Mas o mais cruel, mais insidioso, foi o que fizeram de sua memória, o que fizeram com seus restos. Quando sua carne, sua essência, não eram mais úteis para o circo, foi transportada para os laboratórios da curiosidade científica, onde, sem pedir permissão, seu cérebro, seus ossos, seus órgãos sexuais foram dissecados e armazenados em vitrines, na pretensão de que ela, em sua forma humana, fosse apenas um objeto a ser estudado.

E é aí que a ironia se torna mais amarga: o que fizeram da sua carne virou mais importante do que a sua vida. O que ela foi, na verdade, nunca foi capturado nas lâminas da ciência, nem nas páginas dos livros que tentaram explicar sua existência. O que ela representou não foi um espetáculo de deformidade, mas de resistência. Pois, mesmo depois de seu corpo ter sido reduzido a um item exótico, como uma relíquia esquecida, sua memória se ergueu. Não como uma curiosidade ou um fenômeno para os museus, mas como um lembrete do quanto os olhos dos colonizadores estavam cegos, e quanto o humano é, na verdade, indomável, mesmo quando tratado como uma mercadoria.

O circo se foi. As luzes se apagaram. Mas a história, essa história, continua a marcar as fissuras da consciência coletiva, desafiando aqueles que tentam esquecer o que aconteceu. Pois se o espetáculo do corpo foi um erro, a verdadeira lição vem do fato de que o corpo não é um objeto para ser admirado, mas um templo a ser respeitado. E aquele espetáculo, longe de ser um show de curiosidade, foi, na verdade, a história de uma mulher que, apesar de tudo, nunca se deixou ser reduzida a um simples fenômeno.

E assim, ela permanece — não como uma imagem de sofrimento, mas como uma memória que nos lembra: o espetáculo que vendemos, é o espetáculo que voltará para nos confrontar.

## 14. O HOMEM QUE ERA UMA JAULA

*A selvageria está na jaula de ferro
e nos olhares que a justificam.*

Chamavam-no Tobenga, mas seu verdadeiro nome era um segredo. Não porque ele o escondesse, mas porque o roubaram — diluído em línguas estrangeiras, soterrado sob os gritos do mercado e as multidões que vinham vê-lo. Era assim que as coisas funcionavam: primeiro, tomavam o nome; depois, o corpo; por último, a alma.

Tobenga era um homem da floresta, onde o silêncio tinha som e as sombras dançavam como velhas conhecidas. Ele conhecia o ritmo dos ventos e a lógica dos rios, mas o mundo que o levou não queria ouvir histórias da terra. Eles queriam pele. Eles queriam dentes. Queriam risos ao custo de sua carne.

Levado da vastidão verde de sua casa, ele foi colocado em outra selva — esta feita de ferro e fumaça. Primeiro, nas feiras de exposição, onde cada passo que dava era cercado por olhos famintos e dedos apontando. Diziam que ele era exótico, mas ele sabia o que isso significava: uma palavra bonita para dizer menos que humano.

— Olhem, olhem só isso! — uma voz de mulher, cheia de curiosidade e um toque de repulsa, cortou o ar.

Tobenga olhou na direção da voz e viu uma mulher elegante, acompanhada de dois filhos. Eles estavam encostados nas grades, olhos fixos nele.

— Ele é... tão exótico — comentou a mulher, tentando dar um ar de sofisticação, enquanto o filho mais novo se aproximava das grades com um sorriso encantado.

O menino tocou as grades com as palmas das mãos, os olhos arregalados.

— Ele tem o cabelo estranho, mãe. Parece uma fera!

A mulher não soubera o que dizer, então apenas riu sem graça. O outro filho, mais velho, observava em silêncio, com um olhar que já denunciava certa estranheza.

— Mas não é só o cabelo, olha... ele é... humano, não é? — a mulher olhou para o homem da jaula com um olhar de dúvida.

— Sim, claro, mãe... mas tem algo de... selvagem. Acho que é isso — disse o garoto com um suspiro, ainda encantado.

Tobenga, que nada dizia, apenas fixava o olhar nas crianças, sua expressão imutável, mas por dentro sentia como se estivesse sendo dilacerado pelas palavras. Era exótico, era selvagem, era... menos que humano.

E então, o destino deu-lhe uma nova prisão. Não mais um palco, mas uma jaula. No Zoológico do Bronx, ele foi posto entre as grades, ao lado de chimpanzés e orangotangos, como se fosse apenas mais um animal em exibição. Havia placas ao lado, explicando sua espécie com palavras que ele não entendia. Mas ele não precisava da língua para compreender o desprezo.

— Quem será o próximo? — uma voz grave se ergueu do lado de fora da jaula.

Dois homens pararam diante dela, observando Tobenga com olhares que falavam mais do que as palavras que usavam.

— Esse aí... é o cara da África, né? O tal do Tobenga.
— Sim. Dizem que era chefe de uma tribo. Imagina, um homem com tanto poder, agora preso aqui, como um animal.

Tobenga olhou para eles, sem um gesto, sem um som. Mas as palavras deles o atingiram como facas afiadas. Ele não era mais um chefe. Era uma curiosidade, um item de exibição.

As crianças riam, os adultos celebravam, e ele permanecia ali, calado. Mas dentro dele, uma selva inteira rugia.

E eles olhavam, mas não viam. Não viam a floresta em seus olhos, os cantos da infância que ainda flutuavam em sua mente, o orgulho que ele carregava por ser um homem livre antes que o mundo o fizesse prisioneiro.

Tobenga não era uma aberração. Era um espelho. Mas os visitantes não perceberam que, ao olhar para ele, não enxergavam o selvagem que imaginavam, mas a selvageria deles próprios. A jaula não o continha apenas; era o símbolo da arrogância de um mundo que acreditava que a humanidade podia ser dividida em categorias, nas quais uns eram reis e outros, atrações.

À noite, quando o zoológico ficava vazio e o silêncio finalmente vinha visitá-lo, Tobenga sentava-se no canto da jaula e olhava para as estrelas. Ele as reconhecia, aquelas mesmas que brilhavam sobre sua terra natal, tão longe dali.

— Vocês ainda me veem? — ele perguntava, em um segredo que apenas o vento escutava. Mas as estrelas, como o mundo, permaneciam quietas.

Naquela noite, o cuidador do zoológico passou mais tarde do que de costume. Ele tinha uma voz rouca e cansada, mas se aproximou da jaula de Tobenga, como se tivesse algo a dizer.

— O que você sente, lá fora? — perguntou o homem, com uma curiosidade vazia.

Não havia compaixão em sua voz, apenas uma necessidade de preencher o vazio de sua própria vida.

Tobenga, como sempre, não respondeu. Ele estava acostumado a essa indiferença.

— Eu só... só queria entender. Se fosse eu ali dentro, talvez eu fizesse o mesmo que você. — O homem deu um passo atrás, suspirando. — Mas não é fácil, eu sei.

Tobenga não se moveu. Não havia mais palavras que o mundo pudesse lhe oferecer. Tudo o que restava era a respiração, e essa ele mantinha firme. Cada inspiração era um ato de resistência.

Dia após dia, ele suportou o insuportável. Não porque quisesse, mas porque era o que restava a fazer. A resistência de Tobenga não era um grito, mas uma respiração. Cada inspiração era um ato de desafio, cada batida de seu coração, uma recusa em desaparecer completamente.

Ainda assim, até os espíritos mais fortes têm limites. Quando o peso da humilhação se tornou grande demais, Tobenga escolheu o silêncio eterno. Não porque perdeu a luta, mas porque entendeu que aquele mundo não estava pronto para ouvir.

Décadas depois, eles devolveram seus restos à terra que o criou. Era tarde demais para redimir o erro, mas não para lembrar.

E assim, a história de Tobenga tornou-se mais que um relato de crueldade. Tornou-se uma fábula amarga, um espelho para um mundo que se orgulha de sua civilização enquanto constrói jaulas invisíveis para aqueles que considera diferentes.

O homem que eles chamaram de selvagem nunca foi a aberração. A verdadeira aberração estava do outro lado das grades.

## 15. AS FiLHAS DO VENTO E DA TERRA

*Mulheres silenciosas como raízes,
essenciais como o sopro vital.*

Há um silêncio que precede todas as tempestades. Um silêncio profundo e espesso como a madrugada, quando ainda não se pode distinguir o que é som e o que é presságio. E nesse silêncio, em algum canto do mundo, há aquelas que caminham. Caminham, mas não como quem anda: elas percorrem as vibrações da criação, aquelas que foram desenhadas antes de qualquer palavra ser pronunciada. São elas as que a terra guarda em segredo, as que o vento nunca esquece.

Elas não são vistas, mas sua presença é sentida em tudo que é profundo e eterno. Não são ouvidas, mas suas vozes ressoam no coração de cada trovão, na dança das chamas, nas marés que insistem em voltar à praia. São feitas de sol e sombra, de mar e areia, de tudo o que a história se esqueceu de nomear, mas que está gravado no código do tempo.

O vento, com sua curiosidade insaciável, pergunta:

— Por que te ocultas? Por que és apenas segredo, apenas indício de algo maior?

E a resposta vem, não com palavras, mas com um movimento que desenha um caminho invisível, ainda não dado.

— Não me oculto — diz a resposta, que não vem da boca, mas do chão, das montanhas, do ar que se respira.

— Sou a raiz que ninguém vê, a força que ninguém reconhece, o peso que todos tentam esquecer. Sou a ponte entre o que foi e o que será.

O vento, tocado por algo além da compreensão, segue em busca de mais.

— E tu, que és tão grande, que te estende entre o sol e a lua, entre a terra e os ventos, qual é o teu destino?

E a resposta é uma canção, silenciosa e eterna, que pulsa na mente de quem ouve e nunca se esquece:

— Meu destino é ser a chama que aquece e a noite que acalma. Sou a que sustenta sem ser notada. A que se ergue quando todos pensam que caí. Sou a história de um povo que se refaz a cada dia, a cada dor, a cada riso.

O vento se curva diante da grandiosidade daquilo que não pode ser tocado, e a terra, em sua humildade, abraça os pés daqueles que jamais deixaram de caminhar.

Elas são as que movem montanhas sem que ninguém perceba o movimento, as que conduzem os rios sem que as águas revelem seu caminho. Elas são as que os olhos não sabem ver, mas que os corações sentem em cada respiração, em cada pulsar. São a força invisível que anima o mundo, a substância que dá vida sem ser nomeada.

Mas, quem somos nós para nomear o que é eterno, o que é profundo como o mar e vasto como a própria alma da terra? Quem somos nós, se não a terra que fala em segredo, o vento que dança em silêncios?

Elas, essas Filhas do Vento e da Terra, carregam em seus corpos o universo inteiro. Não são visíveis, porque o invisível é o que permanece, o que não pode ser destruído, o que transcende a limitação da vista e da compreensão. São a essência de tudo o que existe, e por isso não precisam ser vistas para ser sentidas. São os olhos da noite, a força das estrelas, o brilho das coisas que ainda não nasceram.

E, por mais que se tentem esconder entre as sombras do mundo, elas sempre, como raízes profundas e silenciosas, emergem — como a terra que não pode ser negada, como o vento que não pode ser parado, como o mar que nunca será contido.

Elas são a ausência que preenche tudo, a luz que brilha sem ser percebida. E, embora ninguém saiba o nome delas, não há um único ser vivo que não sinta o peso e a leveza de sua presença, porque, no fundo, sabemos: sem elas, não haveria vida. Sem elas, não haveria nada.

## 16. A JUSTiÇA QUEiMOU O VÉU

*O grito da justiça ardente*
*rompeu o silêncio da opressão.*

Não se ouviam mais suas palavras, apenas os gritos que a noite tentava engolir. Cada estrela, no alto, piscava aflita, como se quisesse descer à terra e apagar o que o silêncio permitia que acontecesse.

Numa dessas noites, a Justiça caminhava sozinha. Seus olhos estavam vendados, como sempre, mas não porque não quisesse ver — e sim porque ver doía demais. Seus pés descalços tocavam o chão quente da cidade, na qual os gritos que ela não conseguia ouvir ressoavam em becos, em quartos trancados, em olhares desviados.

— Por que me chamam de cega? — refletiu em silêncio a Justiça, falando consigo mesma. — Não sou eu quem fecha os olhos. É o mundo que prefere não enxergar.

Enquanto andava, tropeçou em uma sombra. Não era um homem, mas algo que se parecia com um. Uma criatura feita de voracidade, cujo rosto era um emaranhado de desculpas e justificativas. Ele carregava uma lâmina que cortava não o corpo, mas a alma.

— Quem és tu? — perguntou a Justiça.

— Eu sou a permissão. Sou o que cresce nas rachaduras do teu sistema. Sou o silêncio que permite e a cultura que consente. Sou o poder disfarçado de desejo.

A Justiça sentiu seu corpo tremer, mas não de medo. Era algo mais profundo, uma indignação que parecia velha, quase eterna.

— Por que existes? — perguntou ela, sua voz agora carregada de uma raiva contida.

A criatura riu, uma risada oca e fria.

— Eu existo porque me deixaram existir. Porque ensinaram os homens a tomarem o que não lhes pertence e ensinaram às mulheres a se calarem.

A criatura olhou para o horizonte distante, como se visse além do tempo.

— Sou o reflexo de uma sociedade que constrói muros para proteger riquezas, mas deixa suas filhas desprotegidas.

A Justiça ergueu sua balança, determinada a fazer o que deveria, mas a criatura não teve pena dela. Com um único toque, a criatura destruiu a balança, quebrando-a em pedaços.

— Não és capaz de me pesar, Justiça. Teus pesos estão viciados, tua venda já não simboliza igualdade, mas ignorância. Eu caminho pelas ruas, entro nas casas, e tu não me deténs.

A Justiça não respondeu. Em vez disso, ajoelhou-se, com uma força silenciosa que era tanto dor quanto decisão. Ela tocou o chão quente com as mãos, sentindo a terra queimando sob seus dedos. Pela primeira vez em séculos, retirou sua venda. Seus olhos estavam feridos, ardendo como brasa viva, mas, mesmo assim, ela olhou.

A visão era um reflexo cruel daquilo que ela não queria ver, mas seus olhos não se desviaram. E o que viu a fez chorar.

— O que estás fazendo, Justiça? — a criatura perguntou, sua voz carregada de confusão e desdém. — Não é tua função mudar; tua função é equilibrar o que já existe.

A Justiça não respondeu. Apenas caminhou, com uma determinação implacável. Cada passo seu plantava sementes. Sementes de vozes, de coragem, de resistência.

Ela avançou por entre os becos, onde os suspiros se transformavam em gritos de dor e silêncio. E naquele momento, outras vozes se levantaram.

— Ela está indo para o centro da cidade. — Uma mulher, com os olhos cheios de lágrimas e o rosto marcado pela luta, observou a Justiça.

A mulher estava sozinha, mas seu coração batia forte como se a Justiça a estivesse conduzindo.

— Finalmente, alguém ousa desafiar as sombras.

— Temos que segui-la! — outra mulher, com a voz rouca, se aproximou. — Talvez ela seja a única que possa acender a chama da revolução.

A mulher apertou o punho, a dor se transformando em força.

— Ela não nos deixará sozinhas. É hora de falarmos. De gritarmos. Não mais caladas.

E assim, a Justiça caminhava por ruas que antes pareciam desertas, agora sendo iluminadas por aquela força silenciosa. Ao seu redor, outras pessoas se uniam, despertando para um novo amanhecer.

Naquela noite, quando as estrelas olharam para baixo, viram algo que nunca tinham visto antes: a Justiça não era mais uma estátua. Era uma mulher que caminhava entre as sombras, iluminando cada canto escuro onde a violência se escondia.

E então, um grito se ergueu de todas as partes. Não era mais o silêncio. Era uma explosão de vozes unidas, uma revolta que rompia as correntes do passado.

A mulher que havia falado antes, com os olhos ardendo de determinação, falou para os outros ao seu redor.

— Agora, o mundo vai ouvir.

E, pela primeira vez, o silêncio foi quebrado. Não apenas pela Justiça, mas por todas as vozes que se levantaram ao seu lado, clamando por liberdade, por igualdade, por verdade.

## 17. MARIA DAS DORES E A RÉGUA DO DESTINO

*Educar pelo medo é erguer muros;*
*educar pelo amor é abrir caminhos.*

Nas terras quentes e ancestrais de Angola, onde as histórias eram contadas nas línguas do mato, surgiu um nome que atravessou gerações: Maria das Dores. Não era um nome comum, desses que se esquece depois de um encontro. Era um nome que refletia como um trovão distante, carregado de reverência e temor. Maria, uma madre enviada pela metrópole, carregava nas costas o peso de uma missão divina: educar os jovens da província ultramarina. Mas como fazê-lo quando o solo que pisava era indomado e o povo trazia no peito a liberdade de quem não havia aprendido a se curvar?

Ela chegou com um sorriso frio e um bastão de madeira nas mãos, que mais tarde se tornaria tão famoso quanto ela mesma. Um bastão não qualquer: reto, rígido, disciplinador. Era madeira que não entendia súplicas, que só conhecia o som do impacto. Maria, mulher de fé e fervor, acreditava que a ignorância era um demônio a ser exorcizado à força. E assim, nascia a "técnica Maria das Dores".

No início, as crianças olhavam para aquela régua como quem encara o desconhecido.

— É só madeira — pensavam.

Mas bastou o primeiro golpe, seco e certeiro, para que a madeira ganhasse vida.

— Parem com isso! — gritou certa vez uma menina chamada Mbula, com os olhos grandes e curiosos, e um sorriso torto que esboçava, como quem desafiava os deuses. Ela gritou com a bravura de quem ainda não tinha aprendido a temer a dor, mas a régua, que parecia ter alma própria, respondeu no dialeto do medo: — "TÁCK!".

O som ressoou na sala, como um trovão, e os olhos de todos se voltaram para o impacto.

— A senhora está maluca?! — gritou Mbula, as lágrimas brotando sem entender, tentando se afastar da mesa. — O que a senhora pensa que está fazendo?!

Maria, com a expressão rígida, inclinou-se sobre a menina, seu olhar penetrante como um açoite invisível.

— Isso é para o seu bem, minha filha.

A voz dela era firme, quase fria.

— Só com dor se aprende. O sofrimento é o caminho da salvação.

— Mas... não é assim que aprendemos! — Mbula gritou, tentando se erguer. — Não pode ser assim... O sofrimento não é a única forma!

Maria retrucou, a mão levantando o bastão, sua sombra cobrindo a menina como uma nuvem sombria.

— Você vai aprender a se calar, menina, ou eu vou ensinar com mais força!

— Não vai mais doer que já dói aqui dentro... — disse Mbula, a voz quebrada, os olhos queimando de raiva e desespero.

O golpe de madeira foi mais um som no espaço: — "TÁCK!"

O silêncio caiu sobre todos os outros alunos. Ninguém ousava se mover. Os pais, do lado de fora, começaram a perceber as mudanças. O que antes era um segredo entre amigos na praça, agora era uma verdade imposta nas escolas. A violência sutil, quase invisível, se infiltrava lentamente nas casas.

— Se funciona na escola, por que não em casa? — pensaram os pais, ao verem o método sendo adotado.

Na casa de Mingota, o marido, Didi, pegou uma régua do armário para corrigir a postura dos filhos, enquanto Mingota o observava, em silêncio, com uma expressão preocupada.

— A disciplina, mulher... A disciplina — disse Didi, com um tom de certeza, como quem sabia que aquele era o caminho certo. — Maria das Dores soube ensinar.

— Não é a mesma coisa, Didi! — respondeu Mingota.

Mingota tentou argumentar, hesitante, os olhos olhando para as crianças.

— A senhora Maria usava a dor como método... Mas isso não é o melhor para nossos filhos.

Didi virou-se para ela, com os olhos tão duros quanto os de Maria das Dores.

— É a única forma que funciona. Eles precisam aprender, Mingota. Você mesma já me disse: sem disciplina, eles vão ser perdidos.

As crianças estavam no canto, tremendo, observando a conversa entre os pais, sentindo o peso da expectativa e o medo. Ali, na pequena casa, o som da régua foi o que selou a educação dos jovens, o que selou o futuro de uma geração inteira.

No mercado da cidade, quando a notícia da morte de Maria das Dores se espalhou, os murmúrios começaram.

— Ela foi embora, mas sua régua ficou! — disse o velho João, observando a madeira que havia sido transmitida de geração em geração.

João segurava a régua com um olhar nostálgico e um sorriso triste.

— E hoje, ainda usamos, sem saber por que, mas seguimos usando...

A mulher do lado dele, Luísa, balançou a cabeça, os olhos cheios de tristeza e compreensão.

— Sim... Usamos, porque aprendemos da forma mais dura. Mas você já se perguntou, João... Se a régua, de fato, nos ensinou algo?

— Ela ensinou, Luísa. Ela fez o que precisava ser feito! — João respondeu com mais firmeza, mas a sua voz falhava. Ele sabia o que aquilo significava para a história de sua própria vida, mas, ao mesmo tempo, uma dúvida começava a crescer em seu peito.

Uma jovem, inconformada, se aproximou e, com a voz cheia de coragem, questionou:

— E a dor, o que a dor nos trouxe? Cada golpe, cada lágrima... Maria das Dores não nos libertou. Ela nos moldou para ser apenas sombra do que poderia ser. Não há aprendizado na dor quando o que aprendemos é apenas a obediência sem questionamento!

O vento parecia cochichar no meio do mercado, enquanto todos observavam, em silêncio. A jovem se afastou, suas palavras repercutindo como uma revolução silenciosa.

Na metrópole, os antigos catequizandos de Maria das Dores, agora adultos, se reuniram à mesa de jantar na noite após a morte da madre. A régua, velha e desgastada, estava em cima da mesa, uma relíquia do passado.

— A madre acreditava tanto que a dor era o único caminho dos colonizados... — disse Rita, a mais velha, com uma expressão de cansaço. — Eu me pergunto o que ela teria dito hoje, ao ver o que se tornou.

— Ela queria que todos aprendessem a ser fortes, Rita. Só isso... — respondeu Ricardo, o irmão de Rita, com um tom resignado. — Mesmo que tenha sido errado, não podemos negar que ela fez o que achava certo.

Mas o silêncio os envolveu, e ninguém mais falou. O peso da régua sobre a mesa era maior do que qualquer palavra.

Os poetas da nova Angola escreveram versos sobre ela. Diziam que a régua era uma testemunha muda de gerações que nasceram para obedecer. Filósofos debateram o que significava educar pelo medo. E Paulo Freire, o distante pensador, parecia falar ao vento: "Quando a educação não é libertadora, o oprimido torna-se opressor."

Hoje, as crianças ainda ouvem histórias sobre Maria das Dores. Algumas risadas tímidas escapam quando os mais velhos contam sobre a mulher e sua régua, mas o riso logo morre, porque a madeira ainda está lá, esquecida num canto da sala, lembrando a todos que a violência educa, sim, mas só para perpetuar o ciclo de dor.

E no sopro do vento angolano, as árvores que outrora deram origem à régua falaram em segredo:

— Se pudessem nos ouvir, entenderiam que a madeira foi feita para construir, não para ferir.

# PARTE QUATRO

**Diáspora e as Marcas do Passado**

# 18. A TERRA NÃO É SÓ O SOLO QUE PISAMOS

*Raízes arrancadas encontram novas terras e reinventam o espírito.*

Eles não foram só arrancados. Foram desfeitos, dissolvidos no ar, no sal do mar, no peso das correntes. Não houve despedida, só um vazio absoluto entre o instante em que estavam e o instante em que não estavam mais. A terra sob seus pés, que antes lhes falava em línguas de raízes, não existia mais. O rio, que conhecia o som de suas vozes, agora era apenas uma música distante, como o ar que corta o rosto de quem já não pode mais voltar.

No silêncio desse vazio, Ganga Zumba, um homem de olhar intenso, encarava o horizonte incerto no porão do navio em que corpos e esperanças se amontoavam como grãos de areia.

— Eles acham que nos partiram, que arrancaram tudo o que somos, mas não entendem. Há terras que não se tocam com os pés. Há terras que vivem aqui — disse ele, tocando o peito, onde o coração batia com uma força quase audível.

Zeferina, ainda uma menina, olhou para ele com olhos arregalados.

— Que terra é essa, Ganga Zumba? Onde ela está?

Ele sorriu, os dentes brilhando na escuridão.

— Está onde as correntes não alcançam. Está no lugar onde o espírito dança, menina.

O oceano se fez uma fenda, uma cisão, mas não houve fim. Havia algo que as correntes não podiam prender. Mesmo sob o peso do ferro, da saudade e da humilhação, o espírito do corpo — esse mistério inexplicável que nem a dor, nem a morte podiam silenciar — continuou a cantar, de um jeito que ainda não se podia compreender.

Na escuridão das noites intermináveis, Aqualtune, a princesa do Congo, arrancada de sua terra e lançada ao porão do navio, ergueu-se entre os outros, como uma figura que carregava as histórias nos olhos e a resistência nas palavras.

— Lembro-me de uma montanha que era nossa, onde éramos livres, onde o solo tremia sob os nossos pés porque dançávamos juntos, como um só.

Um jovem, que a ouvia atentamente, perguntou:

— Mas e se nunca tivermos uma montanha novamente, Aqualtune? Como viveremos?

Ela riu, um som que parecia rachar o ar frio.

— Não precisamos de montanhas, garoto. Somos a própria montanha. Eles tentaram nos tirar do topo, mas esqueceram que nós carregamos o topo dentro de nós.

Depois de dias de travessia, o navio negreiro finalmente tocou novas terras. A paisagem mudou, mas o peso da travessia continuava nos corpos e nas almas. Agora, nos becos dos guetos e favelas, as rachaduras nos muros e a poeira no ar formavam um novo chão, fértil para a reinvenção. Ali, vozes de fogo surgiam – homens e mulheres cujas palavras iluminavam as noites como tochas, reacendendo a esperança.

Em um canto escuro, entre os ecos das ruas, Zeferina avistou um velho chamado São Domingos. Ele tinha um olhar que parecia conter séculos e uma voz que fluía como um rio incessante. Curiosa, ela se aproximou e começou a conversar, atraída pelo mistério de sua presença e pela sabedoria que exalava de suas palavras.

— Sábio, as cicatrizes que carregamos, o que fazemos com elas? — Zeferina perguntou, os olhos carregando as dúvidas de gerações.

Ele a olhou, os olhos brilhando como o sol depois da tempestade.

— Essas cicatrizes são como sementes, menina. Plantamo-las em terras novas. E essas terras, onde nossos pés dançam, tornam-se tão nossas quanto o céu sobre nós.

No encontro entre o passado e o presente, almas marcadas pela história encontraram formas de se reconstruir. Da dor, extraíram força; da necessidade, criaram afirmações de que, mesmo entre as sombras, continuavam a pulsar e existir.

Aqualtune, agora em novas terras, liderava um grupo, suas palavras ressoando como trovões nas noites silenciosas.

— Não estamos quebrados. Estamos nos recriando. Eles nos chamam de perdidos, mas não entendem que somos a própria bússola.

Eles cantavam, dançavam, e falavam uma língua que era nova e ao mesmo tempo velha, um idioma que não era mais o que fora perdido, mas o que resistia a ser destruído. E o ritmo que emergia no novo solo era o pulsar de algo que não poderia ser apagado. O vento do passado não se perdeu.

Um certo dia, Quilomba, uma jovem cheia de dúvidas, se aproximou de Aqualtune.

— Você acha mesmo que podemos construir algo aqui? — perguntou, quase em um cochicho.

Aqualtune parou e a olhou, como quem enxergava além das palavras.

— Quilomba, nós já estamos construindo. Olhe ao seu redor. Cada canto, cada música, cada sorriso roubado desse chão... É isso que somos. Somos a construção que não pode ser derrubada.

E ainda assim, havia o luto. O luto da terra que não se tocava mais, o luto do corpo que não podia retornar, o luto das raízes arrancadas sem perdão. Esse luto, no entanto, não era um silêncio. Era uma fala constante, silenciosa, que passava de geração em geração.

Ganga Zumba voltou a falar ao grupo, agora reunido sob a lua cheia.

— O luto é nosso companheiro, mas não nosso mestre. Ele nos guia, nos molda, mas somos nós que escolhemos o caminho.

Zeferina, agora mais velha, caminhava pelas ruas e becos da cidade que nunca a acolheu como sua. Ela sentia a presença espiritual e o julgamento de suas ancestrais, como se fossem testemunhas silenciosas de sua jornada. Ao invés de sucumbir ao peso dessas memórias, Zeferina enxergava nas imperfeições à sua volta – as rachaduras das paredes – um símbolo da resistência que sobreviveu ao tempo, mostrando que, mesmo em meio à dor e à luta, havia beleza na persistência.

Porque, em cada gueto, em cada favela, em cada esquina, em cada quilombo, em cada olhar que se cruzava, as vozes das lendas vivas se erguiam, construindo uma nova terra, um novo tempo.

Mas o que é uma terra? O que é uma pátria, quando o mar a apaga e o céu se fecha, e a terra, que já não os reconhece, lhes é estranha? O que restou? O que sobreviveu àqueles que, mesmo não tendo escolha, se tornaram um povo, uma diáspora, uma constelação de fragmentos espalhados pelo mundo.

A terra não é só o solo que pisamos. A terra é o grito, o pulsar das mãos, o suor que se mistura à terra suja, ao concreto dos guetos, aos becos apertados onde o sol se esquiva. A terra não é apenas o lugar onde nascemos, mas o lugar onde aprendemos a ser. E quando eles foram arrancados de suas raízes, a terra se tornou uma invenção, uma nova criação feita de lamento e de resistência.

## 19. O PESO DO OLHAR

*Olhares pesam, mas a dignidade eleva.*

Em algum lugar, perdido nas esquinas da cidade, existia um olhar. Não o olhar terno de uma mãe que acaricia seu filho, nem o olhar inocente de quem vê o mundo pela primeira vez. Esse olhar era espesso, como um véu que cobria os rostos, uma névoa que, sem saber, decidia quem deveria ser visto e quem deveria ser ignorado. Era o olhar que pesa, que observa, que limita, mas não vê.

Naquela manhã cinza, Ana, uma jovem mulher negra, caminhava pelo centro da cidade. Ela tinha os olhos brilhando como se carregasse o universo dentro de si, os cabelos, que se torciam como o vento, eram a afirmação de sua identidade, e sua pele, de um tom profundo como a terra molhada, carregava a memória de um povo. Mas algo a incomodava. O vento que batia em seu rosto parecia mais denso, como se o ar estivesse carregado de expectativas, como se ela fosse um reflexo de algo que não podia ser, algo que não cabia naquele lugar.

Ao entrar em um café, Ana percebeu que os olhares se voltaram para ela, não com curiosidade, mas com desconfiança. O garçom, um homem de expressão fechada, não sorriu. Ele não disse "bom dia" como fazia com os outros clientes. Ele apenas a observou, suas mãos trêmulas ao pegar o cardápio, como se ela fosse uma intrusa. Ana sentiu o peso daquele olhar, mas não sabia como reagir.

— Será que ele pensa que sou um perigo? Será que estou malvestida? — pensou.

O garçom, por sua vez, já tinha feito uma suposição.

— Será que ela veio aqui pedir um troco? — pensou, enquanto os outros clientes, com suas roupas brancas e camisas de marca, não podiam deixar de se perguntar o que aquela mulher estava fazendo naquele ambiente tão requintado. Eles não a viam como uma cliente. Ela não pertencia àquele cenário. Ela era uma mancha. Uma sombra que não deveria estar ali.

Em outro canto da cidade, Samuel estava em um prédio de vidro, onde as luzes refletiam a solidez do capitalismo. Ele havia sido convidado para dar uma palestra sobre empreendedorismo e inovação, um campo no qual ele se destacava pela sua capacidade analítica e sua visão estratégica. Mas ao chegar, algo lhe parecia estranho. O porteiro olhou para ele com uma mistura de confusão e desdém.

— Você vem a trabalho? — perguntou o homem, sem olhar nos olhos de Samuel. Ele apontou para a porta com a mão firme, indicando que Samuel deveria esperar.

Alguns minutos depois, o protocolo da empresa chegou, mas ninguém parecia saber quem ele era. Samuel foi ignorado. Ele não foi chamado para entrar. O rosto do protocolo continuava sério, como se Samuel fosse um intruso.

— Você é refugiado? — perguntaram-lhe, como se o fato de ele ser negro fosse suficiente para colocar em dúvida sua educação e profissionalismo. Quando finalmente conseguiu entrar, a sala parecia desconfortável, como se sua presença fosse um erro cometido pela organização.

Mas Samuel, com seu doutorado e seus anos de estudo, não se abalou. Ele se sentou com um sorriso terno, mas seus olhos, esses sim, estavam pesados.

— É como se minha identidade fosse um selo que me impede de ser o que sou — pensou. Não era a sua aparência que assustava, mas as expectativas que os outros tinham sobre ele. Era como se, ao ser negro, ele já estivesse automaticamente classificado, aprisionado em um espaço que ninguém desejava ocupar.

Lá no alto, onde os prédios de concreto se erguiam contra o céu cinza, um outro rosto, o de Marcos, transitava pelas ruas apressado, com um sorriso nervoso. Marcos estava indo a uma entrevista de emprego. O peso do olhar, o julgamento infundado, continuava a seguir Marcos como uma sombra, sempre mais densa quando ele atravessava as ruas. Ele sabia o que era a dúvida que habitava as mentes alheias. Ele sabia que sua cor de pele carregava um peso que não deveria ser. Sabia que ao andar pelas ruas, as pessoas olhavam para ele com medo, como se ele fosse um perigo. Ele nunca podia esquecer o olhar furtivo dos seguranças nos supermercados, aqueles olhares disfarçados que o seguiam pelo corredor. Sempre o mesmo olhar. Sempre a mesma desconfiança.

Em sua mente, ele ensaiava suas respostas. Sabia que o fato de ser negro fazia com que as pessoas o vissem como alguém distante da figura do profissional bem-sucedido, da pessoa respeitada. Ele precisava ser melhor. Precisava ser mais. Tinha que provar que era capaz de estar ali, naquele lugar, sendo o que ele era, sem pedir desculpas por ser quem era.

— O que é o inferno para quem já nasceu em um pedaço do mundo onde o ódio é mais forte que o ar? Onde, desde o momento em que seus pés tocam o chão, as paredes invisíveis de uma sociedade implacável já te disseram, sem palavras, que você não pertence, que você é menos? O inferno, talvez, seja não saber onde começa a sua liberdade e onde termina a dor que lhe é imposta.

Marcos pensou nisso enquanto o som do rap preenchia seus ouvidos, uma batida pulsante, sincera, que vinha das ruas. Era "Diário de um Preto", do artista periférico Meu Preto O Malandrão, um nome que, por si só, era um grito de resistência. Ele sabia que, mais do que palavras, aquelas músicas eram mapas da alma. Por trás de cada rima, havia uma educação que não se encontrava em escolas, mas nas esquinas, nos becos, nas batalhas silenciosas do cotidiano.

O rap, com suas letras afiadas como facas, ensinava o que a história ignorava. Falava da dor, mas também da força que surge quando o corpo negro se recusa a ser apagado, quando a alma encontra, nas ruas, um modo de reconstruir-se, peça por peça. Naquele momento, Marcos sentiu-se conectado àquelas palavras, como se cada verso fosse uma chave que destrancava portas no fundo de sua mente, onde ele guardava todas as dúvidas e todos os medos.

— É isso — ele pensou — é por aqui que a gente se encontra, que a gente resiste.

O rap não só o tocava, ele o moldava. Era através da poesia crua e potente das ruas que ele entendia sua própria história, sua luta, e o valor de sua existência. Naquelas rimas, a dor não se diluía, mas ganhava um novo significado: ela se transformava em força, em movimento, em poder.

E, ao ouvir o refrão fluir, Marcos compreendeu algo profundo, quase místico. O inferno que a sociedade criava para ele, com seus olhares desumanizadores e suas barreiras invisíveis, não era um destino irrevogável. No rap, ele encontrava sua liberdade – uma liberdade não dada, mas conquistada, uma liberdade construída a cada verso, a cada passo que dava em direção ao futuro. E, nesse caminho, o som de Meu Preto O Malandrão lhe lembrava de uma verdade essencial: o inferno não é um lugar. O inferno, às vezes, é o próprio nome que te dão, o estigma que tentam te impor. Mas é também o fogo que te forja, a resistência que nasce do peito e se espalha pelo corpo, na luta por ser e existir, exatamente como se é.

No avesso da cidade, na favela, onde o concreto toma a forma de casas e os telhados são feitos de esperanças que jamais foram cumpridas, mãe e filho conversam, e ela, com a voz trêmula, ensina o que não deveria ser ensinado.

— Filho, se um policial vier até você, não reaja. Não discuta, não faça nada que possa parecer agressivo. Fique calmo, não grite. Porque se você fizer isso, você não vai voltar "pra" casa.

João, ainda pequeno, não entende, mas vê o olhar cansado da mãe, que já sabe, por experiência, o que pode acontecer.

— Por que, mãe? — ele pergunta, com a curiosidade de quem ainda não conhece o medo da cor da sua pele.

— Porque você é negro, meu filho. E o mundo vai sempre querer te provar que você é perigoso. Eles vão te olhar e vão te fazer sentir que você não tem valor. O policial pode querer te prender por algo que você nunca fez. E se você reagir, ele vai te dar um motivo. Mas você, meu filho, nunca dê um motivo.

João olha para os olhos da mãe e sente o peso de um ensinamento que deveria ser só de carinho e cuidado. Mas ali, naquela fala, havia um reflexo de séculos de violência. Não era só uma lição de vida. Era uma lição de sobrevivência. Sobreviver num mundo onde ser negro não é apenas ser. É ser ameaçado, é ser questionado, é ser visto com olhos de desconfiança, é ser o alvo da fúria do outro.

Enquanto isso, em outro canto da cidade, Felipe, um jovem negro de 26 anos, se vê frente a uma situação que, a princípio, parece rotineira, mas que carrega consigo uma das maiores humilhações que alguém pode sofrer: foi parado por uma abordagem policial. Ele caminhava tranquilo, indo para a casa de um amigo, quando, sem aviso, o carro da polícia parou ao seu lado. O policial desceu com a mão na arma, e, sem motivo, pediu seus documentos. Felipe, embora com o coração acelerado, entregou tudo sem questionar. Ele sabia o que significava ser negro em um mundo onde o medo do outro é alimentado por estereótipos.

— Está tudo certo, senhor, tudo em ordem — disse o policial, mas a expressão no rosto de Felipe era de quem já sabia que sua tranquilidade jamais seria sua.

O policial então, de forma aparentemente rotineira, olhou para ele de cima a baixo e, como se não tivesse o que fazer, fez uma pergunta absurda:

— Você é dono dessa mochila?

Felipe, confuso, respondeu que sim.

— Você não parece ser o tipo de pessoa que tem essas coisas — disse o policial, com um sorriso irônico.

Aquela frase, embora pequena, estava carregada de toda a violência do olhar seletivo da sociedade, da desconfiança que acompanha a pele escura. Felipe sentiu a humilhação, mas não podia reagir. Não podia levantar a voz. Ele sabia que sua reação poderia ser o estopim de algo muito pior.

Enquanto Felipe caminhava perdido em seus pensamentos, foi a figura de Marcos, parada na esquina sob a luz amarelada de um poste, que o trouxe de volta à realidade. Marcos, com o olhar cansado, fitava o horizonte como quem buscava respostas no céu. Ao vê-lo, Felipe sentiu uma conexão imediata, como se o silêncio que pairava entre os dois carregasse o peso de histórias que não precisavam ser ditas.

— Tá tudo bem, irmão? — perguntou Marcos, com uma voz calma, mas carregada de compreensão.

Felipe hesitou por um momento, mas a empatia no olhar de Marcos o desarmou. Ele apenas balançou a cabeça, deixando escapar um sorriso amargo.

— Foi a polícia, né? — Marcos não esperou pela confirmação, sabia exatamente o que acontecera. Já tinha passado por aquilo tantas vezes que perdera a conta.

Felipe suspirou profundamente.

— Eles sempre acham que somos criminosos. Só pela cor da pele.

Marcos assentiu, o silêncio novamente tomando conta do espaço entre eles. Caminharam juntos por alguns minutos, lado a lado, sem destino. O peso do mundo era o mesmo para ambos.

E então, enquanto a cidade seguia implacável ao redor deles, Felipe percebeu que o inferno ao qual estava preso não era só seu. Era também o de Marcos, era o de tantos outros. O inferno não estava apenas nos olhares ou nas palavras pesadas como pedras; estava naquilo que nunca era dito, mas que se sentia todos os dias.

— A gente aprende a sobreviver com esse silêncio, mas nunca a viver de verdade — disse Marcos, quebrando o silêncio. — As oportunidades nunca chegam, e quando chegam, a gente já está cansado demais pra acreditar nelas.

Felipe assentiu, sentindo as palavras de Marcos como se fossem suas.

Estava na escola que nunca abriu as portas, na bolsa de estudos que nunca veio, no emprego que sempre ficava com outro. Estava na percepção de que, para muitos, crescer sendo negro significava escolher entre se perder na pobreza ou vender a alma a um sistema que limitava suas opções.

— O pior — continuou Marcos, com um olhar sombrio — é que eles fazem a gente acreditar que é culpa nossa. Que não tentamos o bastante.

Felipe sentiu um nó na garganta.

— Eu só queria ter o direito de ser. De andar por aí sem medo.

— Somos preparados pra servir, pra sofrer... — Marcos concluiu. — Ou pra morrer.

E então, como num ciclo infinito, o negro se vê cada vez mais relegado, cada vez mais em um espaço no qual a dignidade não cabe. Os índices de criminalidade, que tanto perseguem a imagem do negro como o criminoso natural, são, na realidade, uma construção que vem de uma sociedade que nunca o deixou respirar.

— "Vista a minha pele e te digo: conhecerás o inferno" — refletia Marcos, lembrando-se da letra da música Diário de um Preto, de Meu Preto O Malandrão, que reverberava na sua mente como um grito ancestral. E, no fundo, ele sabia: o inferno não é um lugar distante, ele é o espaço onde o negro se vê estigmatizado, onde a luta é diária, onde a dor nunca passa.

E assim, dia após dia, esses rostos negros, esses corpos que carregavam as histórias do mundo em suas veias, se viam divididos entre o que queriam ser e o que o mundo esperava que fossem. Eles carregavam a dor do olhar, o fardo de ser sempre suspeito, sempre em dúvida, sempre na margem do que se podia esperar.

Nos becos da cidade, no silêncio das noites sem sono, em cada rua escura, as histórias de racismo se entrelaçavam com os corpos negros. Não eram apenas os crimes cometidos pelas mãos dos outros que feriam, mas os invisíveis crimes cometidos pelas mentes que nunca os viam como humanos. Eles eram o reflexo de algo que ninguém queria olhar: um sistema que, em sua essência, naturalizou o medo, a desigualdade e a dor.

Os noticiários, com suas manchetes aflitivas, eram reflexo de uma sociedade que jamais ousaria se questionar sobre os próprios medos. Os jovens negros mortos em abordagens policiais se tornaram números. E com o passar do tempo, a dor foi sendo diluída, mas o medo, esse medo impiedoso de ser mais uma vítima, ainda permeava o ar que eles respiravam.

Mas a dor não vinha apenas das balas. Ela vinha dos sorrisos falsos, das portas fechadas, das perguntas em tom de deboche. Quantos não eram forçados a mostrar comprovantes de seus bens, como se não merecessem a dignidade de tê-los, de serem bem-sucedidos? A história de que o negro não pode ser intelectual, não pode ser rico, não pode estar em espaços de poder, era uma mentira bem contada por gerações. E, no entanto, ela persistia. Em cada olhar de surpresa ao ouvir um negro falar de doutorado, em cada gesto de dúvida quando um negro entrava em um restaurante de luxo. Como se eles, com sua "cor", estivessem fora do lugar. Fora do padrão que o mundo construíra para eles.

E a resistência não era um grito. Era uma fala silenciosa, uma afirmação invisível. Porque, no fim, os olhos da sociedade podiam até tentar apagar suas histórias, mas eles nunca conseguiriam apagar o brilho de sua essência.

## 20. O IMPÉRIO DO SILÊNCIO: UMA EPOPEIA DA DESEDUCAÇÃO

*Reconectar-se com a África
é abraçar o legado que transcende o tempo.*

Na cidade de Áurea um grande silêncio habitava. Não era o silêncio que se faz quando a boca se cala; era o silêncio que nasce na alma, o silêncio de mil vozes que nunca foram ouvidas, o silêncio que pesa e impede o grito. E ali, entre o som das paredes e as conversas sem propósito, nasceu um homem chamado Enzo.

Enzo era jovem e bonito, com os olhos brilhando como as estrelas da noite, mas sua alma estava fragmentada, como se cada pedaço de sua história tivesse sido arrancado com uma delicadeza cruel. Ele era negro, mas não sabia o que isso significava, a não ser como uma palavra que se dizia no meio de risos e piadas. Seu corpo, forte e saudável, pulsava a força da terra, mas seu espírito? Ah, seu espírito, esse ainda flanava como uma brisa perdida, sem raiz. Seus pais, gente simples que trabalhava no comércio local, sempre lhe contaram que ele seria alguém na vida, mas ele nunca soubera quem seria, de fato.

Enzo, se via atraído pelas histórias de sucesso contadas nas grandes cidades do Ocidente: Nova York, Paris, Londres. Mas ele não sabia que essas histórias de sucesso eram feitas de narrativas desconstruídas, de ecos vazios. Ele queria ser "alguém", mas não sabia quem ele era, de onde vinha. Seus pais haviam lhe ensinado que o caminho para a grandeza estava longe, nas terras onde os homens brancos desenhavam os mapas do mundo.

Foi assim que, numa manhã ensolarada, após a morte de seu avô, Enzo decidiu que havia chegado o momento de ir atrás de algo grande, de algo que sua família não tivera, de algo que pudesse preencher o vazio que crescia em seu peito. Ele queria entender aonde ele realmente pertencia. Sentiu, então, o impulso de partir para um lugar onde o sucesso fosse tangível, um lugar onde o futuro se mostrasse diante dele, como um prato farto de oportunidades. Os Estados Unidos o chamavam com promessas de grandes avenidas e culturas inovadoras. Paris, com sua aura de arte e elegância, sussurrava em seus ouvidos. E quem poderia resistir a Londres, onde os caminhos do Império ainda pareciam tortuosos, mas plenos de história e poder?

Com o bolso cheio de sonhos e as malas recheadas de roupas caras, Enzo embarcou em um avião que o levaria para o que ele acreditava ser o centro do mundo. Não demorou muito para que ele chegasse a Nova York, cidade dos sonhos, onde tudo parecia possível. Seu desejo de sucesso se afunilava para uma necessidade de ser reconhecido, mas não sabia por quem nem para quê. Ele se perdeu no mar de pessoas apressadas, cada uma com um destino distinto, mas todos, em sua essência, moldados pela mesma ideia: "Aqui, você se faz."

Mas havia algo em Nova York que o incomodava. Enzo se via sentado em cafés caros, admirando a paisagem urbana, mas em seu olhar havia sempre um toque de nostalgia que ele não sabia nomear. Ele olhava para os prédios imponentes e sentia uma saudade imensa de algo que ele não sabia o que era. Em meio ao ruído da cidade, o que mais lhe faltava era o som de sua própria voz, o som da sua história.

Em uma dessas tardes, enquanto caminhava por Harlem, Enzo se deparou com uma cena que mudaria sua vida. Ali, nas ruas vibrantes e cheias de vida, um homem de cabelos brancos e pele marcada pelo tempo o encarava com uma sabedoria que Enzo não entendia de imediato. O homem, chamado Olumo, o chamou para perto. Sem saber exatamente por quê, Enzo sentiu que precisava ouvir aquele homem.

— Você busca o sucesso, meu filho, mas você não sabe que o sucesso não mora onde você está procurando. Ele está na terra que você deixou para trás, nos nomes que você esqueceu, nos antepassados que você traiu. — disse Olumo com uma voz que soava como o ar soprando nas árvores de um bosque ancestral.

Enzo riu.

— Eu sou um homem moderno. Meu lugar está aqui, na cidade que nunca dorme. O que eu sou em um lugar de miséria, onde nem uma estrada pavimentada existe?

Olumo sorriu, como se já soubesse as respostas que Enzo ainda não tinha descoberto.

— Então me diga, meu filho, Olumo disse, seus olhos se estreitando — quantos negros, como você, passaram pela história sem sequer saberem seus próprios nomes?

Enzo franziu a testa.

— Como assim, meus próprios nomes?

— Sim, seu nome — Olumo respondeu.

— O nome que te deram quando você nasceu, aquele que vive na ancestralidade de seus pais. Eles, seus pais, também não sabiam. Eles, seus avós, também não sabiam. Mas eu vou te dizer uma coisa: o nome é mais que um simples som. Ele é a ponte entre o que você foi e o que você pode ser. E você, meu filho, está vivendo sem saber de onde veio. Está perdido entre os ecos de um mundo que te ensinou a esquecer.

Olumo o levou, então, a um templo improvável, no coração de Harlem. Dentro, uma mulher de pele escura e olhos profundamente sábios, chamada Kadi, os aguardava. Ela lhe perguntou sobre seu nome, sobre a história de sua família, e ele, confuso, mal conseguia responder. E ali, naquela sala de paredes repletas de símbolos e imagens do passado, Kadi começou a lhe contar histórias. Histórias de grandes civilizações, de guardiões e guardiãs da terra, que habitaram o solo de onde seus ancestrais vieram. De homens e mulheres que, com seus nomes, foram chamados pelas estrelas a construir um império invisível, feito de forças primordiais e resistências silenciosas.

— Você é um filho da terra, meu filho. A África não é uma imagem distorcida das telas de Hollywood ou da internet. A África não é um lugar genérico, onde só se vê miséria e savanas. A África são as pessoas, suas línguas, suas histórias, seus costumes. Você precisa vê-la não como um mito exótico, mas como a essência de sua identidade.

E foi assim, enquanto a noite caía, que Enzo começou a entender. Ele não estava apenas distante de seu lugar no mundo; ele estava distante de si mesmo. Ele buscava ser grande, mas não conhecia o solo que o fazia crescer. Ele queria vestir o manto do sucesso, mas não sabia o que aquele manto realmente representava.

Enzo, agora imerso nesse novo entendimento, fez algo que poucos fariam. Em seu retorno à Áurea, começou a agir de forma diferente. Em vez de seguir o caminho das celebridades e das redes sociais, resolveu se aprofundar nas raízes da sua própria cultura. Ele viajou para a África, não como um turista ávido por imagens de um lugar remoto e submisso, mas como um filho que volta para casa. Mas, ao chegar, se deparou com algo que o deixou confuso: o olhar do negro diaspórico, formado por séculos de distorções, ainda o acompanhava.

Ele viu os pais e avós da diáspora, muitos dos quais visitavam o continente-mãe apenas para satisfazer um desejo superficial de conexão. Eles usavam as cores vibrantes da África em suas roupas, bailavam as músicas da terra, publicavam fotos com sorrisos radiosos nas redes sociais, como se estivessem fazendo uma homenagem a algo distante, algo exótico. Mas o que era aquela celebração? Era verdadeira? Ou era apenas uma performance, uma tentativa de pertencer a algo que eles não entendiam completamente?

Em uma de suas viagens por uma pequena vila no oeste africano, Enzo encontrou Abiba, uma jovem que estudava a história de sua nação com uma paixão feroz. Ela o olhou com curiosidade quando ele falou sobre as imagens da África que ele conhecia, essas imagens fantasiadas que tanto dominavam o imaginário dos negros da diáspora.

— Você acha que a África é só isso? — Abiba perguntou, com uma voz firme.

— A África não é apenas o som da música ou a cor vibrante das roupas. A África não é só a dança. A África é uma revolução silenciosa, que se faz no cotidiano. É a luta contra a pobreza, contra a ignorância, contra a falta de infraestrutura. Mas também é o trabalho árduo, o espírito empreendedor que muitos, como você, se recusam a ver. Você não quer investir aqui, mas quer posar com uma bandeira africana na sua página do Instagram, como se fosse uma forma de pertencimento. Você não conhece o povo africano, você apenas idealiza o que ele representa em sua mente.

Enzo ficou em silêncio, como quem percebe um espelho quebrado. Ele nunca havia olhado para a África com esse olhar real, sem o filtro da idealização ou da romantização superficial. A África que ele via não era a África que ele conhecia nas telas de cinema ou nas postagens do Facebook. A África que ele descobriu era uma terra de complexidades, onde havia uma luta constante, mas também uma potência vibrante e transformadora, de um povo que, apesar de tudo, ainda se mantinha de pé.

Enzo sentiu como se tivesse sido atingido por uma tempestade. Ele havia sido parte desse jogo, parte dessa fantasia. Ele se deu conta de que o amor pela África que muitos negros da diáspora professavam nas redes sociais não passava de uma admiração vazia, um ato performático para mostrar ao mundo que eram parte de algo grandioso. Mas esse amor estava distante, virtual, e não traduzia uma ação concreta, uma transformação real na vida dos africanos.

Ele olhou para Abiba, e pela primeira vez, pensou no quanto era fácil consumir a África de forma superficial, enquanto se distanciava das realidades do continente. Quantos de seus amigos da diáspora, com suas postagens cheias de hashtags #AfricaRising, #BlackAndProud, #BlackIsBeautiful e #BlackIsPower, realmente se importavam em entender a complexidade dos problemas africanos? Quantos realmente se dedicavam a investir nas economias locais ou a apoiar iniciativas que promoviam a soberania e a independência africanas?

Enzo, com sua voz firme, falou baixinho para seu interior:
— Muitos de nós, da diáspora, falamos muito sobre a África, mas quando o momento é de ação concreta, voltamos aos modelos ocidentais. Olhamos para a África como uma cultura de consumo, como um show. Publicamos nossas fotos nas redes, mas nunca realmente apoiamos os negócios locais, nunca nos envolvemos com as causas de justiça social. O que fazemos é adorá-la de longe, como se estivéssemos dizendo: "Eu sou parte disso". Mas não somos. Não estamos aqui para adorar, estamos aqui para construir.

Enzo se sentiu em dívida com sua história. Ele pensou em quantos negros da diáspora jamais haviam ido tão longe para conhecer o que realmente significava estar conectado com a África. Quantos, ao visitarem o continente, ainda viam a África como uma página em branco, sem contextos, reduzida aos estereótipos impostos por séculos de colonização. Ele percebeu que muitos ainda seguiam a linha dos opressores, idolatrando a estética da África, mas se mantendo distantes da verdadeira luta de seu povo. Ele via como muitos negros da diáspora se afastavam das realidades africanas e se aproximavam de uma versão de África que não passava de uma fantasia exótica para consumo ocidental.

De volta à sua terra natal, Enzo começou a atuar de forma diferente. Ele começou a investir em iniciativas locais, a apoiar negócios africanos autênticos, a visitar outras partes do continente, a entender suas múltiplas realidades. Ele compreendeu que a verdadeira reconexão com suas raízes não passava apenas pelo reconhecimento simbólico ou pela adoração virtual nas redes sociais. Enzo não queria ser mais um negro que apenas dançava ao som das batidas africanas ou se adornava com roupas típicas em festas e postagens. Ele queria ser um homem de ação, um homem que promovia a independência verdadeira, o fortalecimento das culturas africanas, e a superação da ideia de que o sucesso só existia no Ocidente.

Ele parou de chamar seus filhos de "Pedro", "João" e "Maria Eduarda", e passou a dar-lhes nomes que pertenciam à sua ancestralidade, a ensinar-lhes a língua ancestral, a contar-lhes as histórias que ele nunca ouvira. E quando ele viajava por países africanos, ele não via mais a África como um todo genérico. Ele via a Nigéria, a Etiópia, o Senegal, o Quênia. Ele via as complexidades, os desafios e a força imensa que aqueles países carregavam. Enzo sabia que a África não era um lugar para ser "adorado" ou "exaltado" como uma ideia distante. A África era um espaço para ser vivido, compreendido e respeitado.

Enzo, ao longo dos anos, tornou-se não apenas um homem de sucesso, mas um homem que soubera onde plantar suas raízes. E quando olhava para o céu, ele sabia que as estrelas não eram apenas para quem partia; elas também eram para quem voltava, para quem se reconectava com a terra.

O Império do Silêncio, que antes o aprisionava, começou a se desfazer, e com ele se desfizeram os grilhões invisíveis da deseducação. Enzo, com seus filhos, viajava não para as grandes capitais do mundo, mas para as aldeias esquecidas de sua África ancestral. Ele não precisava mais da validação do opressor. Ele finalmente soubera quem era. Ele era, antes de tudo, filho da terra, herdeiro de guardiões e guardiãs, e, acima de tudo, um homem livre.

Enzo compreendeu que a verdadeira liberdade não estava em afastar-se de suas origens, mas em se reconectar com elas, em dar significado aos nomes, às histórias, às lutas, e em nunca mais buscar sua identidade em terras estrangeiras. A verdadeira reconexão começava dentro dele mesmo. Ele não precisava mais da aprovação dos opressores. Ele finalmente sabia quem era: um filho da África, e agora, um filho do mundo.

À medida que os anos passavam, Enzo via uma transformação silenciosa acontecer não apenas em sua própria vida, mas também naqueles ao seu redor. O Império do Silêncio que um dia o aprisionara começava a desmoronar, não apenas em sua alma, mas na cidade de Áurea. O que parecia ser um som distante de uma verdade antiga agora se tornava uma reverberação de novos tempos. Ele começava a ouvir, de novo, as vozes que sempre estiveram ali, mas que por tanto tempo não foram ouvidas.

E foi em um momento de reflexão, ao assistir a uma reportagem sobre o jovem futebolista Vinícius Júnior, que Enzo compreendeu uma conexão ainda mais profunda. O garoto, que brilha nos campos de futebol do mundo, havia recentemente descoberto suas raízes camaronenses, uma história que até então lhe escapava. Enzo sorriu ao perceber a ironia da vida: o próprio Vinícius, um astro global, havia encontrado seu nome, suas raízes, e isso inspirara muitos jovens negros, como ele, a olharem para trás e descobrirem a força que herdaram.

— Ele, lá no topo do mundo, brilhando sob os holofotes, encontrou seu lugar na terra de seus ancestrais. E talvez, por meio dessa descoberta, muitos outros, como eu, entenderão que o verdadeiro brilho não vem da fama, mas da raiz, do chão onde se planta a verdade.

Em Áurea, logo, os jovens começaram a buscar mais sobre suas histórias. Eles não mais viam a África como uma terra distante, mas como um espaço que batia dentro de seus corações, pulsando como o próprio sangue que corre em suas veias. O nome de Vinícius Júnior, embora distante nas esferas do futebol, ressoava como um símbolo de reconexão.

Era como se o exemplo de um jovem que, ao alcançar o estrelato, tivesse voltado às suas origens, despertasse uma força silenciosa nos outros. Enzo, ao observar tudo isso, compreendeu que a verdadeira grandeza não estava nas avenidas douradas das grandes cidades ocidentais, mas nas histórias não contadas, nas raízes não exploradas. Ele percebeu que, assim como o gajo do futebol, o brilho de cada um não vinha de conquistar o mundo, mas de entender e honrar o que já estava dentro de si.

E talvez, pensou Enzo com um sorriso no rosto, a busca por identidade e ancestralidade seja o verdadeiro jogo da vida. O que Vinícius Júnior fizera, ao se reconectar com sua terra e sua história, não foi apenas uma vitória pessoal. Foi um toque de despertar para muitos, como uma onda que, aos poucos, transformava as costas de Áurea, de um silêncio pesado, para uma orquestra de vozes prontas para se ouvir.

# PARTE CINCO

## Saberes e Conflitos nos Caminhos do Tempo

## 21. A AREIA DO TEMPO

*O passado é o solo fértil onde o presente floresce.*

Conta-se que em um tempo que não está nos livros e em um lugar que não aparece nos mapas, havia uma aldeia à beira de um vasto deserto. Ali, o tempo parecia circular, como um velho caminhante que dá voltas no mesmo ponto, tropeçando sempre nas mesmas pedras. Os aldeões viviam preocupados com o presente, angustiados com as colheitas que não vinham e as tempestades de areia que apagavam as trilhas. E, embora o horizonte lhes prometesse o futuro, ninguém ousava olhar para trás. Diziam que o passado era um abismo, e quem o encarasse poderia cair e nunca mais voltar.

Um dia, chegou à aldeia um homem de idade avançada, cuja pele parecia ser feita do mesmo pó que cobria o deserto. Chamavam-no de Zaher, que em sua língua significava "testemunha". Trazia consigo apenas suas palavras e um punhado de areia que escorria entre os dedos. Zaher dizia:

— Esta areia não é comum. Ela carrega histórias.

Os aldeões, curiosos e desconfiados, reuniram-se ao redor dele. Zaher deixou cair os grãos no chão e, como por encanto, a areia começou a formar imagens. Não eram visões do futuro, como muitos esperavam, mas sim cenas do passado. Lá estavam os antigos reis que haviam prometido prosperidade enquanto saqueavam os campos. Havia cenas de guerras que ninguém lembrava, onde os pais dos pais de seus pais se enfrentaram por terras agora estéreis. E havia ainda imagens de mãos que plantavam árvores, mas cujas raízes haviam sido arrancadas antes de dar frutos.

— Por que nos traz estas visões, velho? — perguntou um dos anciãos da aldeia, sua voz tremendo como uma chama no vento. — O passado já morreu. Ele nada nos dá.

Zaher suspirou, como se carregasse a poeira de séculos nos pulmões, e respondeu:

— O presente que vocês vivem é o filho direto daquilo que ignoram. Vocês lutam contra fantasmas que nasceram de escolhas esquecidas. Este deserto, que hoje os sufoca, já foi um jardim. Mas enquanto não olharem para trás, estarão condenados a repetir os erros que transformaram as árvores em areia.

As palavras do velho dividiram a aldeia. Alguns, tomados pela culpa, queriam expulsá-lo.

— Por que viver com a dor do que não podemos mudar? — diziam.

Outros, fascinados, queriam mais respostas. E assim, Zaher tornou-se um contador de histórias. Quem se aproximava dele ouvia o passado como se a areia ao redor contasse seus segredos em cada grão.

Certo dia, um jovem chamado Kalim, cujo coração ardia de inquietação, perguntou ao velho:

— Zaher, se sabemos que o passado nos trouxe até aqui, como podemos escapar de seu peso?

O velho sorriu, como quem ouve a pergunta de um aprendiz que finalmente entendeu a lição.

— O passado não é uma prisão, Kalim. É uma lição. Mas veja bem: lições ignoradas tornam-se correntes, e lições aprendidas tornam-se asas. A escolha é sua.

Kalim sentou-se na areia e deixou os grãos escorrerem entre os dedos. Ele sentiu. Viu os erros de seus antepassados, mas também suas esperanças. Viu as escolhas que poderiam ter sido feitas de outro modo e percebeu algo assustador: ele, ali, naquele momento, também estava escrevendo o passado de quem viria depois dele.

Os aldeões, aos poucos, começaram a mudar. Não precisaram destruir o passado, mas também não se tornaram prisioneiros dele. Em vez disso, usaram o que aprenderam para plantar novas sementes no deserto, sementes que aprenderam a proteger. E o deserto, aos poucos, começou a florescer.

Mas Zaher, antes de desaparecer com o vento, deixou uma última mensagem escrita na areia:

— O presente é apenas a melodia do passado. Se vocês não quiserem que o futuro seja um grito, aprendam a ouvir o que o silêncio da areia tem a dizer.

E assim, a aldeia entendeu que a ignorância do passado é como caminhar no deserto sem bússola: é fatal. Mas aprender com ele é como transformar areia em sabedoria — uma sabedoria que não se apaga com o vento, mas permanece gravada no coração de quem ousa ouvir.

## 22. O JANGO E A TALA: A JUSTIÇA QUE NÃO SE VÊ

*Quando a justiça invisível equilibra o visível,*
*a harmonia renasce.*

Na vila de Kilamba, nasceu uma acusação que incendiou o espírito da aldeia. Manuel Zongo, um homem de pele ressequida pelo sol e coração cansado de carregar silêncios, atravessou a praça central como quem carrega um fardo invisível. Seus pés levantavam pequenas nuvens de pó vermelho, e seus olhos, dois abismos de cansaço, não piscavam, fixos na promessa de justiça que ele buscava. Ele entrou no tribunal estatal com a firmeza de quem luta contra o invisível.

A juíza, Dona Joaquina, mulher moldada pelos livros e leis que vinham de além-mar, ergueu os olhos do processo em suas mãos e encontrou o olhar flamejante de Zongo. Havia nela uma frieza calculada, uma crença na ordem que se baseava apenas no que se podia medir e pesar. Zongo, com a voz entrecortada, lançou sua queixa ao ar, como quem arremessa uma lança de desespero.

— José Tambwe me lançou a Tala — ele declarou, e sua voz ecoou como o estrondo de um trovão sem chuva.

— Minha lavoura está morta, minha casa está vazia de alegria, e a noite me devora sem piedade.

Joaquina suspirou, um suspiro que era metade pena, metade exasperação.

— Aqui, Manuel Zongo, julgamos crimes que deixam rastros. A Tala que você diz ter recebido não pode ser vista, nem tocada, nem registrada. Vá ao Jango. Que os sobas cuidem do que pertence ao invisível.

E assim, a justiça do Estado, cega para o que não se vê, virou as costas para Zongo, e ele saiu, não derrotado, mas mais determinado.

No centro de Kilamba, o Jango aguardava uma construção circular onde o tempo andava em círculos e a verdade tinha muitos rostos. O Regedor Mukwenda, com sua barba branca e o semblante grave, ergueu a voz com a autoridade de quem conversava com os espíritos do vento.

— Por que veio, Zongo, trazendo o peso do mundo nos ombros?

Ao lado de Mukwenda, estava Ngola Kimbundu, o curandeiro que parecia ouvir o chão falar, suas contas penduradas no pescoço dançando ao ritmo de uma música que só ele podia ouvir. Mama Ndanda, a guardiã das histórias, sentada ao fundo, olhava tudo com os olhos de quem já vira mais do que deveria.

Zongo explicou, suas palavras impregnadas de dor. E Tambwe, chamado para o círculo, entrou com passos hesitantes, o rosto marcado pela raiva contida.

— Eu? Jogar Tala? Isso é mentira! — Ele protestou, mas o Jango não era lugar de gritos; era um espaço onde o silêncio dizia mais.

Ngola Kimbundu derramou um pó branco no chão, traçando símbolos que brilhavam sob a luz do fogo.

— Que os espíritos falem — disse ele.

Ele soltou dois corvos negros que voaram como flechas. Todos prenderam o fôlego enquanto as aves subiam, e então, lentamente, ambos rumaram para o norte. A multidão murmurou, e Tambwe caiu de joelhos, derrotado por algo mais poderoso que qualquer palavra: a crença compartilhada.

Mukwenda se ergueu, e seu olhar pesava mais que o ar ao redor.

— Tambwe, a Tala está em suas mãos. Mas a justiça não é castigo. Há um caminho para além da destruição.

Tambwe chorava, lágrimas que não pediam desculpa, mas confessavam:

— Eu não queria... o fogo da raiva me cegou.

A noite engoliu as palavras, e o vento soprou suave, como se acariciasse o rosto da vila. O perdão pairava no ar, mas não era definitivo, pois a justiça, assim como o vento, nunca se entrega completamente. E enquanto o fogo do Jango crepitava, ninguém ali sabia se a Tala havia sido desfeita ou se apenas esperava para explodir novamente, silenciosa e invisível, como sempre foi.

O céu de Kilamba havia mudado. À noite, que antes era uma tapeçaria de estrelas pacíficas, agora parecia pesada, como se observasse os eventos do Jango com olhos invisíveis. Sob o teto de palha, o Regedor Mukwenda se ergueu com a gravidade de quem carrega o peso de séculos. O tambor ancestral, o ngoma, batia em ritmo lento, como o coração de um animal ferido. O julgamento não havia terminado; ele apenas adentrava o território dos espíritos.

Ao redor do círculo, os olhos brilhavam em expectativa. José Tambwe, ajoelhado no centro, sentia o suor escorrer pelo rosto, mas era mais do que o calor. Era o peso da culpa que ele não podia negar. Ngola Kimbundu, o curandeiro, moveu-se lentamente, como se flutuasse. Suas mãos traçavam o ar, invocando forças que apenas ele podia ouvir. Ele proferia palavras em voz baixa para as contas de seu colar, chamando os makishi, espíritos ancestrais que dançavam entre o mundo dos vivos e o mundo dos mortos.

De repente, um silêncio ensurdecedor caiu sobre o Jango. Os batuques pararam, e apenas o som do vento brincando com as folhas preenchia o vazio. Mama Ndanda, sentada ao fundo, começou a entoar um cântico antigo. Sua voz era como água fluindo por entre as pedras, doce e ao mesmo tempo implacável. Era um chamado à verdade, um convite para que os espíritos testemunhassem.

Mukwenda estendeu a mão para o céu:

— José Tambwe, você trouxe a Tala, mas será que pode devolvê-la ao vento? Aqui, onde a terra ouve e o céu observa, não é a força do corpo que vence, mas a sinceridade da alma.

Com uma voz trêmula, Tambwe falou:

— Sim, eu a invoquei. Não sabia que a raiva se transformaria em veneno.

O som de suas palavras pareceu se dissolver no ar, absorvido pelo círculo invisível dos ancestrais.

Ngola Kimbundu se aproximou com uma tigela de argila, preenchida com uma mistura de ervas sagradas e água. Ele a colocou diante de Tambwe.

— Beba, e a Tala que você lançou será desfeita.

Tambwe hesitou. O líquido brilhava sob a luz das tochas como prata líquida. Ele olhou para Zongo, cuja face estava marcada não pela raiva, mas pela expectativa do perdão.

Tambwe bebeu. O gosto era amargo, como arrependimento, mas ele continuou até a última gota. Quando terminou, o tambor recomeçou a tocar, agora mais rápido, mais forte. Os makishi emergiram da escuridão, dançando em um frenesi. Suas máscaras brilhavam, e suas vozes se espalhavam em risos e gritos que tanto assustavam quanto confortavam.

Mukwenda levantou-se uma última vez, suas palavras cortando o ar como um trovão.

— Que a Tala seja levada pelo vento, que a ira se transforme em poeira, e que a paz reine.

A comunidade olhou em silêncio enquanto os makishi desapareciam na noite. A paz havia retornado, mas não era uma paz simples. Era um acordo frágil entre o visível e o invisível, um lembrete de que a justiça verdadeira caminha sobre a linha tênue entre o que os olhos veem e o que apenas o coração pode sentir.

## 23. TALAS: O LAMENTO DAS ESTRELAS

*O corpo pode curar-se,
mas as feridas do espírito exigem raízes profundas.*

Na aldeia de Yombe, havia um homem chamado Nzinga Kanku. Ele não era um homem de grandes palavras, mas de gestos profundos e olhares que carregavam o peso de uma sabedoria silenciosa. Conhecido por seu semblante grave e suas mãos calejadas pelo trabalho, ele era o curandeiro da vila. Seu nome ressoava entre as bocas da aldeia como o som de um trovão distante, reverenciado, mas também temido. Pois sabia-se que, quando alguém passava pela porta de sua casa de barro, não era apenas uma cura física que buscavam. Lá, na cabana iluminada pela luz tremulante de uma vela, lidava-se com algo mais: com os ventos invisíveis, com as correntes do espírito, com aquilo que os olhos não podem ver.

Mas nem todos na vila acreditavam nas histórias que cercavam Nzinga. Zé Kunda, um homem de negócios, rico e orgulhoso de sua fortuna, era cético em relação a tudo o que fosse além do tangível. A medicina tradicional, com suas ervas e cânticos, parecia-lhe uma superstição antiquada, sem fundamento. Para Zé, as doenças eram apenas desígnios da natureza ou, no máximo, falhas do corpo que a medicina moderna poderia curar. A ciência dos médicos e dos hospitais era a única resposta para ele. Mas, como o destino gosta de brincar com aqueles que duvidam, a desgraça estava prestes a se abater sobre ele.

Há muito tempo, uma mulher chamada Lua Zena o amava em segredo. Seus sentimentos por Zé eram profundos como as raízes de um imbondeiro, mas ele jamais a viu. Lua Zena era bela, com os olhos de um verde profundo que pareciam refletir os mistérios da floresta do Mayombe. Porém, seu coração estava repleto de uma tristeza silenciosa, um amor não correspondido que a corroía. Com o passar dos anos, o desgosto tomou-lhe a alma, e com ele, um feitiço sombrio se formou.

Em um momento de desespero e raiva contida, Lua Zena procurou a ajuda de um kimbandeiro, um homem de nome Tande, conhecido por sua habilidade em manipular as forças invisíveis do mundo. Ele, com seus olhos vazios e voz sibilante, ensinou Lua Zena a lançar uma Tala — uma espécie de maldição que corrompe a alma de quem a recebe. Tande disse-lhe que, com o feitiço, Zé Kunda passaria a sofrer uma dor sem explicação, uma agonia que nenhum remédio poderia curar. A Tala seria como uma chama invisível, queimando-o de dentro para fora, até que sua vida fosse um reflexo do tormento que ele causou ao coração de Lua Zena.

E assim, a maldição foi lançada. No início, Zé não percebeu. Mas, logo, um inchaço estranho tomou seu corpo. Suas mãos começaram a doer, os ossos se torciam em dores agudas que os médicos não conseguiam diagnosticar. Passou a acordar à noite, suado e atormentado, sentindo que sua carne o traía, que algo dentro dele estava em fúria. Nenhuma pomada, nenhum analgésico, nenhum exame foi capaz de aliviar seu sofrimento.

Ele viajou para as grandes cidades, consultou os médicos mais renomados. Zé Kunda estava sentado à frente de dois médicos, homens de aparência segura, rostos marcados pela lógica da ciência, que estudavam os exames, mas seus olhos refletiam a frustração de quem sabe que algo muito além do tangível está em jogo.

O primeiro médico, de semblante austero, que até então mantinha uma postura rígida, agora olhava para Zé com uma dúvida que não poderia disfarçar.

— Sr. Kunda — disse ele, a voz fria como o vidro do consultório — tudo indica que suas dores não têm uma causa física que possamos diagnosticar. Nenhum exame aponta para um problema fisiológico concreto. Não podemos tratar algo que não sabemos o que é.

Zé olhou para suas mãos, agora inchadas, como se cada dedo fosse uma prisão. Os ossos de suas articulações pareciam quebrar-se lentamente, como se ele estivesse sendo moldado por uma força implacável que escapava ao entendimento humano.

O segundo médico, mais jovem, tentava disfarçar a perplexidade:

— Talvez seja uma reação psicológica — sugeriu, mas sua voz estava carregada de incerteza, como se ele próprio não acreditasse no que estava dizendo. — Alguma espécie de transtorno emocional, talvez um bloqueio psicológico... Algo que se manifesta fisicamente.

Zé, porém, sabia que não era isso. Ele sentia algo pulsando dentro dele, algo que não podia ser explicado pela razão. Era uma dor profunda, mais que física, era a dor da alma, algo que cortava seu ser mais íntimo, como um fio de lâmina que afia a própria essência.

— Então, o que sou? — perguntou Zé, com a voz quebrada, mas cheia de uma dignidade silenciosa, como quem busca uma resposta, mas já sabe que não encontrará. — Uma sombra, uma mentira? Estou preso em um corpo que não me pertence, assombrado por um mal que ninguém vê, ninguém entende?

Os médicos trocaram olhares, mas não tinham resposta. Como poderiam? A medicina, com seus diagnósticos e remédios, não podia compreender o que os olhos de Zé começavam a ver — uma verdade invisível, mas palpável, que escorria lentamente por suas veias, um veneno lançado sem perdão.

— Há algo mais, doutores — continuou Zé, sua voz agora carregada com o peso de uma dor que os médicos não podiam tocar. — Eu não estou apenas doente. Estou sendo consumido. Por dentro, sinto uma chama que queima sem parar, um fogo que não vejo, mas sinto a cada batida do meu coração.

Zé, em sua busca desesperada por uma cura, não se contentou com o fracasso dos médicos locais. Ele sabia que algo além da compreensão comum o acometia, e se a medicina não oferecia respostas, ele procuraria onde fosse necessário. Com um último fio de esperança, embarcou em uma longa viagem, atravessando oceanos e fronteiras, até encontrar um renomado especialista, um médico estrangeiro, formado na mais prestigiada universidade de medicina do mundo. Diziam que ele era capaz de curar as doenças mais raras, mais misteriosas.

Esse novo médico, de estatura alta e ar autoritário, o recebeu com a confiança de quem já viu e tratou de tudo. Seu consultório era impecável, um lugar onde a ciência parecia não conhecer limites. Após realizar uma série de exames minuciosos, o médico, com um semblante sério e preciso, revelou o diagnóstico:

— Você sofre de uma condição rara, Sr. Kunda. Um tipo de síndrome que afeta as fibras nervosas e musculares, provocando dores intensas e inflamação crônica. Não sabemos a origem exata, mas acredite, a medicina moderna tem os meios para tratar isso. Eu vou prescrever um tratamento.

Zé, cansado mas esperançoso, ouviu as instruções do médico. A receita era complexa, composta por remédios inovadores, terapias agressivas e cuidados rigorosos. Como se a ciência, finalmente, pudesse curá-lo. Ele tomou as cápsulas, se submeteu às terapias e seguiu cada recomendação com a fé de quem está diante de um último recurso.

Mas os dias passaram e, para sua dor, a agonia não cedia. As noites continuavam sendo um tormento de suor frio e gemidos involuntários. Os remédios, os tratamentos, tudo o que o médico estrangeiro prescrevera não passava de uma ilusão. A dor de Zé, aquele sofrimento imenso e constante, não diminuía.

Ele se viu, mais uma vez, frente ao espelho, os olhos profundos e vazios refletindo não apenas o desgaste físico, mas uma alma marcada pela dor invisível, aquela que ninguém podia entender. Ele se perguntava:

— O que é isso que me consome? Um mal que os médicos não podem ver, que não há ciência que cure?

As consultas com o médico estrangeiro se tornaram rotinas, mas a resposta seguia a mesma:

— Nada está funcionando, Sr. Kunda. Precisamos tentar outros remédios, outros métodos.

Porém, a expressão do médico foi se tornando cada vez mais exasperada, como se ele também começasse a perceber que ali, diante dele, não havia mais uma doença comum. A medicina moderna, com seus bisturis e frascos, não podia desvendar o mal que o consumia.

Foi então que, exausto e desesperado, Zé Kunda lembrou-se de uma história que seu avô lhe contara, uma história sobre a medicina ancestral de Yombe. Ele ouviu falar de Nzinga Kanku, o curandeiro que lia as estrelas e os ventos, e foi até ele, esperando encontrar uma resposta para o que a ciência não podia oferecer.

Nzinga o recebeu com um olhar calmo, quase como se já soubesse da visita que viria. Não disse nada inicialmente, apenas indicou com a mão que Zé se sentasse. O curandeiro observou-o em silêncio, estudando cada linha do rosto de Zé, cada movimento de seu corpo, até que, finalmente, falou:

— Você carrega uma dor que não é do seu corpo, mas do seu espírito. Há algo invisível que lhe consome, algo que seus olhos não podem ver, mas que seu coração sente.

Zé Kunda, frustrado, gritou:

— Mas o que é isso, Nzinga? Não entendo! Não há nada de espiritual em mim. Eu fui à cidade, fiz todos os exames, e os médicos não encontraram nada! O que está acontecendo comigo?

Nzinga, com uma suavidade que beirava a poesia, respondeu:

— O que você sente não está na carne, mas nas correntes do espírito. Uma Tala foi lançada sobre você. E só a medicina dos antigos pode curá-la.

Zé Kunda sentiu um calafrio percorrer sua espinha. Ele conhecia as histórias sobre a Tala, mas nunca imaginara que algo assim pudesse lhe acontecer.

— Talvez eu tenha sido imprudente em minha juventude — pensou — ou talvez haja mais neste mundo do que posso compreender.

Ele se entregou ao silêncio, esperando que o curandeiro o guiasse na busca pela cura.

Nzinga Kanku, então, levantou-se e foi até a pequena estante de madeira onde guardava suas ervas e frascos. Ele misturou plantas e raízes, queimou incensos e, com a ajuda de cânticos ancestrais, pediu aos espíritos da terra e do vento que dessem-lhe a força para neutralizar a Tala lançada sobre Zé. O ar na cabana de barro se carregava de um misticismo palpável, como se a própria alma da aldeia estivesse ali, observando. Nzinga, com seus olhos fechados e sua voz grave, invocou os ancestrais e pediu a ajuda das forças invisíveis para que Zé fosse libertado do fardo da maldição.

Horas se passaram, e a tensão no ambiente se dissolveu como neblina ao amanhecer. Quando Zé Kunda abriu os olhos, não era apenas o corpo que se sentia aliviado, mas algo dentro dele, algo que ele não sabia como descrever, mas que agora se fazia claro como o sol ao meio-dia. A dor tinha desaparecido. Ele sentiu como se um peso tivesse sido tirado de seus ombros.

Nzinga o observou, com os olhos tranquilos de quem já viu tudo o que a vida tem a oferecer.

— A Tala foi quebrada, mas lembre-se: o espírito é volúvel e não se submete facilmente. A raiva que a gerou ainda pode se alimentar de sua alma. É uma lição, Zé Kunda. Às vezes, não podemos apenas curar o corpo. Precisamos aprender a curar a alma.

Zé, com lágrimas nos olhos, se levantou e, pela primeira vez, olhou para o curandeiro não com ceticismo, mas com respeito profundo. Ele havia aprendido, de forma dolorosa, que há forças invisíveis que regem a vida e que, em algum lugar, entre a medicina moderna e a ancestral, existe uma linha tênue onde a cura verdadeira se encontra.

Lua Zena, ao longe, observava tudo, sentindo que a Tala que ela havia lançado, com tanto ódio e dor, estava agora de volta, devolvida pelo vento. Ela sabia que, em algum lugar, a vida de Zé Kunda seguia, mas também sentia que algo profundo dentro dela havia se transformado. E, ao contrário do que esperava, o perdão não estava no ódio lançado, mas na compreensão do que estava além dos olhos.

E assim, no coração da aldeia de Yombe, a sabedoria da medicina tradicional se uniu à modernidade, revelando que, por mais que a ciência nos leve a desvendar o corpo, são as forças invisíveis que verdadeiramente regem a vida.

## 24. ENTRE A RAZÃO E O CANTO DA TERRA

*A balança entre progresso
e comunhão com o espírito da natureza.*

Em um tempo que não é medido por relógios, mas pelas danças das estrelas e pelo sopro dos ventos, a humanidade se sentou à beira de um grande abismo. De um lado, havia o Reino da Razão, no qual o concreto subia como montanhas e as máquinas cantavam canções de progresso. Do outro, o Círculo da Terra Viva, onde rios, montanhas e árvores revelavam histórias de unidade e pertencimento. Entre os dois, uma ponte invisível tremulava, tecida de dúvidas e sonhos.

Os guardiões do Reino da Razão vestiam mantos de lógica e coroas de leis. "Somos os mestres do mundo", proclamavam, enquanto riscavam o solo com fronteiras invisíveis e marcavam a pele do planeta com cicatrizes de ferro e fogo. Para eles, a natureza era caos que precisava ser domado, uma força selvagem que existia apenas para servir. O Livro da Ordem, que repousava em seus pedestais de mármore, declarava com veemência: "Domine, construa, conquiste!"

Mas, do outro lado do abismo, o Círculo da Terra Viva contava uma história diferente. Ali, a filosofia do *Hunhu*, palavra segredada pelo vento e cantada pelas águas, reinava. No Círculo, não havia senhores nem servos; havia apenas parentesco. As montanhas eram avós, os rios, tios, e cada folha, um irmão.

E foi nesse entremeio que nasceu um viajante, um ser de alma inquieta e coração dividido. Chamavam-no Kaya, que significa "casa". Ele caminhava entre os dois mundos, carregando em seu coração as perguntas que não tinham respostas. No Reino da Razão, Kaya via cidades erguidas como colossos, mas ouvia os lamentos do vento que não podia mais correr livre. No Círculo da Terra Viva, ele sentia a paz de um mundo que não precisava de muros, mas se perguntava como proteger tal harmonia da voracidade dos reis do concreto.

Um dia, Kaya sentou-se à beira do abismo e chamou pelo vento.

— Diga-me, vento, qual é o caminho?

E o vento respondeu, com um zumbido que parecia vir de todas as direções:

— O caminho não é de pedra nem de palavra. É de compreensão.

Naquela noite, Kaya sonhou. Ele viu dois seres antigos, moldados pelos mundos que dividiam a ponte. Um era Raziel, o espírito do Reino da Razão, com olhos que brilhavam como lâminas e uma voz que retumbava como trovão. O outro era Ubura, a guardiã da Terra Viva, com cabelos feitos de raízes e uma risada que lembrava o canto das chuvas.

— Por que brigam? — perguntou Kaya, no sonho.

— Porque o mundo é meu! — rugiu Raziel, erguendo um cetro feito de cálculos e fórmulas.

— Porque o mundo é de todos! — cantou Ubura, deixando sementes caírem de suas mãos como estrelas.

Kaya acordou com o coração pesado. Ele entendeu que a briga não era entre os dois espíritos, mas dentro dele mesmo. Havia algo no Reino da Razão que o fascinava: a capacidade de construir, de transformar, de sonhar com coisas que ainda não existem. Mas também havia algo no Círculo da Terra Viva que o acalmava: a simplicidade, a aceitação de que o mundo já era belo em sua essência.

E então, Kaya voltou ao abismo. Ele não chamou o vento dessa vez, mas o próprio abismo, que dormia em silêncio.

— Fale comigo, vazio — pediu.

E o abismo respondeu, com uma voz tão profunda quanto o tempo:

— Você está errado. Eu não sou vazio. Sou a possibilidade.

Naquele momento, Kaya entendeu. Não era sobre escolher entre o Reino da Razão ou o Círculo da Terra Viva. Era sobre tecer um novo caminho, no qual a racionalidade pudesse dançar com a intuição, onde o progresso respeitasse o sagrado, onde a humanidade pudesse ser tanto criadora quanto guardiã.

A partir daquele dia, Kaya começou a construir a ponte invisível. Não era feita de pedra ou madeira, mas de histórias. Ele contava às pessoas do Reino da Razão sobre a música das árvores e o silêncio das montanhas. Ele narrava aos habitantes do Círculo da Terra Viva sobre a beleza de moldar o mundo sem destruir sua alma.

E assim, a ponte cresceu, não como uma estrada reta, mas como um rio sinuoso que abraça o vale. Alguns diziam que Kaya nunca terminou a ponte, pois sua construção não tinha fim. Outros acreditavam que a ponte era apenas um reflexo do próprio coração humano, eternamente dividido e eternamente buscando.

No fim, a lição de Kaya ressoou por gerações: "Não há desordem na natureza, nem ordem absoluta na razão. Há apenas o fluxo, no qual cada ser é parte do todo, e o todo vive em cada ser. Que sejamos ponte, não abismo."

E assim, o vento continuou a soprar, carregando as histórias entre os dois mundos, enquanto as estrelas, lá do alto, sorriam. Pois sabiam que, enquanto houver aqueles que escutam, a ponte nunca cairá.

## 25. O INTELECTUAL E O ANALFABETO: UM ENCONTRO ENTRE MUNDOS

*Sabedoria nasce tanto da razão
quanto da experiência vivida.*

Era uma manhã fria e azulada, dessas que tingem de silêncio o horizonte, como se o próprio tempo hesitasse em seguir. Na praça de pedras gastas, sob a sombra de uma árvore que parecia escutar histórias há séculos, sentaram-se dois homens: um intelectual reverenciado e um velho de mãos calejadas. Duas vidas, dois mundos, mas um mesmo banco de madeira rangente.

O intelectual, conhecido como Dr. Álvaro Santiago, era uma lenda moderna. Tinha diplomas pendurados nas paredes como troféus de caça e títulos que mais pareciam poesia acadêmica: Economia, Direito, Filosofia... dois doutorados, três mestrados, um prêmio Nobel. Seu andar tinha o peso de mil teorias, sua fala carregava o rigor das universidades mais prestigiosas. Terno impecável, sapatos que não ousavam tocar a poeira.

Já o velho, chamado de Nvunda, trazia nas mãos a cicatriz das enxadas, o cheiro do mato molhado e nos olhos um brilho de quem conversava com o cosmos. Sabia apenas assinar o nome com um tremor ancestral, usando o polegar como quem sela um destino. Sua escola fora a vida: dias de sol ardente, noites de lua alta, histórias sopradas por rios e folhas dançantes.

Dr. Álvaro olhava para Nvunda com um misto de curiosidade e desconforto, como se tentasse decifrar um enigma que nenhum dos seus livros explicava.

— Kota Nvunda, o senhor nunca quis estudar? — perguntou o intelectual, ajeitando os óculos com gestos calculados.

O velho, com um sorriso que era mais sábio do que todas as bibliotecas, respondeu sem pressa:

— E o senhor, doutor, já quis desaprender?

Dr. Álvaro riu, mas era um riso que escondia confusão.

— Desaprender? Não sei se entendi...

Nvunda inclinou-se, como se contasse um segredo ao vento.

— Aprendi a ouvir o rio antes de aprender a ouvir os homens. A escola da vida não tem diploma, doutor. Mas ensina a ouvir a chuva, a entender o silêncio das pedras e a respeitar o tempo. Só não usa gravata.

A praça parecia prender a respiração. Até o vento se acalmou para escutar.

— Mas a ciência..., Kota Nvunda — replicou o intelectual, meio intrigado —, ela busca a verdade. Com ela, avançamos, descobrimos, criamos.

O velho deu uma gargalhada, daquelas que reverberam nos ossos.

— E quem disse que a verdade mora só nas páginas? Eu vi pescador prever tempestade pelo cheiro do ar. Vi parteira salvar vida com ervas que nenhum livro ensina. Vocês escrevem sobre as estrelas... mas já ouviram o som que elas fazem no coração de quem as contempla?

Dr. Álvaro, pela primeira vez, sentiu-se pequeno diante de alguém que não tinha título algum.

— Mas e o conhecimento empírico... aquilo que não é comprovado cientificamente? — insistiu, tentando manter a superioridade.

Nvunda coçou a barba grisalha e disse, com a calma de quem conhece o ritmo do mundo:

— Ora, doutor, tudo que vocês chamam de ciência um dia foi só saber de gente simples. Vocês pegam o remédio da avó, colocam num frasco bonito, e pronto: "descoberta científica!" Mas quem descobriu mesmo? Quem sentiu a dor e achou a cura com as mãos?

O intelectual ficou em silêncio, uma faísca de entendimento começando a brotar.

— Vou te contar um segredo — disse Nvunda, com um brilho maroto nos olhos. — Um dia, sentei-me com o vento e perguntei: "Vento, pra onde você vai?" Ele respondeu: "Vou pra onde não há paredes, só céu." Vocês, doutores, constroem paredes demais.

Dr. Álvaro sentiu uma gargalhada nascer, genuína, vinda de algum lugar que ele desconhecia. Riu até as lágrimas, enquanto Nvunda batia-lhe de leve no ombro, como quem acalma um menino.

— Sabe, Kota Nvunda, acho que passei tanto tempo estudando que esqueci de viver.

— Não faz mal, doutor. Sempre há tempo para ouvir o vento de novo.

A conversa continuou por um tempo, e o intelectual sentiu, pela primeira vez, a liberdade de conversar sem a pressão das palavras corretas ou do conhecimento a ser impresso. Nvunda parecia ter o dom de tornar a vida mais simples, mais cheia de sentido, e ele sentia isso como uma música que invadia o coração.

Naquele momento, uma senhora apareceu à distância, caminhando com passos lentos, mas firmes. Dona Ngueve, a parteira da aldeia, sempre com uma sacola de pano cheia de ervas e segredos. Ela se aproximou e, vendo os dois homens, não hesitou em cumprimentá-los com um sorriso caloroso.

— Posso me juntar a essa conversa? — perguntou, enquanto se sentava ao lado de Nvunda.

— Claro, Dona Ngueve — respondeu Nvunda, com um sorriso.

Dr. Álvaro olhou curioso para a mulher que, com a simplicidade de sua presença, parecia carregar o peso da sabedoria que ele não encontrava nos livros. Ela tinha uma calma natural, como se cada palavra sua tivesse o poder de modificar o curso dos pensamentos.

— Então, o que vocês discutem? — perguntou Dona Ngueve, com um tom leve, mas atento.

— A verdade, Dona Ngueve — respondeu o intelectual, tentando manter a compostura. — A verdade sobre a ciência e a vida.

— Ah, a verdade... — ela suspirou, como se a palavra tivesse um gosto doce. — A verdade é algo que a gente sente na pele, não está nas teorias. Quando a mulher entra em trabalho de parto, não tem tempo para ler livros sobre o que fazer. Ela sente a dor, sente a força, e sabe o que precisa fazer. Isso, meu caro, é uma verdade que nenhum doutorado pode ensinar.

Dr. Álvaro engoliu seco, sem palavras. Era como se a simples presença de Dona Ngueve criasse uma atmosfera em que as certezas se desfaziam, e ele começava a perceber que tudo o que pensava ser absoluto não passava de uma camada fina, como o vidro que cobre as estantes das bibliotecas.

Enquanto o vento suspirava entre os galhos, uma jovem mulher apareceu na praça, trazendo nos braços uma cesta com pães quentes. Era Kieza, uma padeira da comunidade, cujos olhos brilhavam como manhãs ensolaradas.

— Bom dia, Kota Nvunda! Doutor! Tia Ngueve! — saudou ela, com um sorriso que era tão generoso quanto o aroma do pão.

— Bom dia, menina! — respondeu Nvunda. — Trouxe o cheiro do amanhecer na cesta?

Kieza riu e sentou-se ao lado deles.

— Trouxe, sim. E trouxe também uma pergunta: quem é mais sábio, o que estuda ou o que sente?

Dr. Álvaro ajeitou-se, intrigado.

— Interessante. Qual seria a resposta?

Nvunda sorriu, como quem já conhecia a resposta há muito tempo.

— Os dois podem ser sábios, mas só quem sente é capaz de ensinar o coração.

Kieza deixou um pão no banco e, antes de se despedir, suspirou.

— Doutor, às vezes, os livros ensinam, mas não abraçam.

Ainda refletindo sobre as palavras de Kieza, Dr. Álvaro, Kota Nvunda e Dona Ngueve perceberam a chegada de mais uma figura curiosa. Um jovem com seu violão nas costas. Ele estava vestido de forma simples, mas seus olhos brilhavam com uma energia quase mística. Otchali, o músico errante, morador da vila, sempre com um sorriso fácil e uma música a lhe sair dos dedos. Ele se aproximou, viu o grupo e, sem dizer nada, sentou-se no banco ao lado de Dona Ngueve, com o violão já em suas mãos.

— Boa tarde a todos — disse ele, com um sorriso genuíno. — Espero não estar atrapalhando a conversa.

— Não, meu jovem, pelo contrário — respondeu Dona Ngueve. — Mas que música você nos traz hoje?

Otchali olhou para o céu, como se estivesse buscando as palavras, ou talvez as notas que faltavam para completar uma melodia que ele só poderia entender sozinho. E, sem mais nem menos, começou a tocar uma música suave, quase triste, mas cheia de uma esperança estranha.

O som do violão se espalhou pelo ar, e parecia que todo o ambiente, desde as pedras da praça até as árvores, se aquietava para ouvir. Era uma música sem palavras, mas com significados profundos.

Dr. Álvaro, o intelectual que passara a vida buscando respostas em livros e teorias, sentiu um nó na garganta. Ele olhou para Nvunda e Dona Ngueve, e então para Otchali, o jovem músico que, com uma simples melodia, trouxe mais respostas do que todas as suas horas de estudo.

— A vida, doutor — disse Nvunda, com a suavidade de quem já sabia o que estava se passando na mente do intelectual — não é uma questão de buscar certezas. Às vezes, ela só pede que a gente ouça.

E assim, sem mais palavras, os quatro continuaram ali, na praça. O som do violão, o riso fácil de Dona Ngueve, o olhar sereno de Nvunda e a reflexão profunda de Dr. Álvaro se entrelaçaram em um silêncio pleno de significados. O vento, como se entendesse o momento, soprou mais forte, levando consigo as respostas que, no fundo, estavam em todos os corações presentes.

E Dr. Álvaro, pela primeira vez em muito tempo, se permitiu respirar profundamente, ouvindo a vida como ela realmente é: sem fórmulas, sem fronteiras, sem explicações. Apenas a dança das coisas e a sabedoria dos homens que souberam ouvi-la.

A conversa seguiu noite adentro, mas agora, cada palavra parecia mais uma revelação, cada silêncio uma lição. A vida continuava, como sempre, sem pressa. E, talvez, ali, naquele banco, sob a sombra da árvore, o conhecimento mais profundo tivesse sido transmitido: aquele que se encontra quando se aprende a escutar, a sentir e a viver.

E Dr. Álvaro, o intelectual, pela primeira vez, teve a certeza de que, talvez, fosse ele quem precisava ser ensinado.

## 26. O CORAÇÃO DE AMADU

*Entre a modernidade e a tradição,
o espírito luta por pertencimento.*

Num vilarejo perdido entre montanhas e rios, morava um jovem chamado Amadu. Amadu era fruto da colonização moderna, um filho de culturas e crenças impostas. Sua vila, outrora rica em tradições e espiritualidade, agora era um mosaico confuso de influências estrangeiras.

Desde pequeno, Amadu sentia um vazio profundo, como se faltasse uma parte essencial de sua alma. Crescera ouvindo histórias sobre a grandeza de seus antepassados, mas essas histórias eram escassas, fragmentadas, perdidas entre as sombras do tempo e a névoa da modernidade.

Certa manhã, enquanto caminhava pelas margens do rio, Amadu encontrou um ancião de aparência serena e misteriosa. Seus olhos brilhavam com a sabedoria dos tempos antigos. O ancião, que se apresentou como Boubacar, sorriu ao ver o jovem, como se estivesse esperando por ele.

— Vejo que carregas o peso de um dilema, jovem Amadu — disse Boubacar, sua voz suave como a brisa.

Amadu, surpreso com a percepção do ancião, respondeu:

— Sinto-me perdido, Boubacar. Não conheço minha verdadeira identidade. A cultura moderna não me completa, mas também não conheço meu passado.

Boubacar assentiu, compreendendo a angústia do jovem.

— Para entender quem és, precisas embarcar numa jornada. Uma jornada para dentro de ti mesmo e para as raízes de teus ancestrais. Somente então encontrarás a tua verdade.

Neste ponto, Boubacar se aproximou mais de Amadu e sugeriu:

— Vamos conversar com os mais velhos de tua vila. Eles guardam memórias que nem mesmo os livros registraram.

Amadu hesitou.

— Mas, Boubacar, os mais velhos mal falam comigo. Eles dizem que minha geração já não se importa com as tradições.

O ancião colocou a mão no ombro de Amadu e sorriu.

— Talvez o que lhes falte é alguém que pergunte, que os ouça. Tens coragem para ser essa pessoa, Amadu?

Inspirado, Amadu decidiu agir. Ele foi até a casa de Mama Fatou, uma mulher de voz forte e memória afiada. Ao entrar na casa de barro fresco, ele a encontrou sentada ao lado de uma pequena fogueira, murmurando cânticos.

— Mama Fatou — Amadu começou com a voz trémula. — Eu... eu vim para ouvir suas histórias. Preciso entender o passado para saber quem sou.

A anciã olhou para ele com surpresa, mas depois riu suavemente.

— Há quanto tempo um jovem não entra nesta casa para ouvir histórias! Sente-se, menino. Vamos conversar.

Enquanto Mama Fatou falava, outros idosos, curiosos com a iniciativa de Amadu, se juntaram à conversa. Entre eles estavam Ousmane, conhecido por sua habilidade em narrar lendas, e Tia Awa, que carregava canções antigas em sua memória.

— Você sabe, Amadu — disse Ousmane — nós costumávamos nos reunir ao redor da fogueira toda noite para contar essas histórias. Mas agora todos estão ocupados com as telas de seus telefones.

— E as canções? — perguntou Amadu, interessado. — Por que não cantamos mais?

Tia Awa suspirou.

— Porque as vozes se calaram, filho. Ninguém pede para ouvi-las.

Amadu então sugeriu:

— Vamos reviver isso! Hoje à noite, todos ao redor da fogueira. Vou trazer os jovens, e vocês trarão as histórias e as canções.

Mama Fatou sorriu, cheia de esperança.

— Talvez você seja a faísca que precisamos, Amadu.

Naquela noite, ao redor da fogueira, a vila viu algo que não acontecia há anos. Jovens e velhos se reuniram, e as vozes dos antepassados, através de histórias e músicas, preencheram o silêncio da vila.

Mwanaisha, a jovem da aldeia remota que Amadu encontrou em sua jornada, também estava lá. Ela se levantou e, em voz alta, proclamou:

— Estas histórias não devem morrer! Amadu nos mostrou que o passado não é apenas memória, é um caminho para o futuro.

O evento marcou o início de um novo ciclo na vila, onde tradições e modernidade passaram a coexistir. Sob a liderança de Amadu, a vila floresceu, encontrando um equilíbrio entre as raízes ancestrais e as exigências do presente.

Com o passar dos dias, Amadu percebeu que o renascimento das tradições era apenas o primeiro passo. Ele reuniu um grupo de jovens para discutir como poderiam usar a tecnologia para preservar suas histórias e tradições.

— Vamos criar um arquivo digital das histórias e canções — sugeriu Demba, um jovem apaixonado por tecnologia. — Podemos gravar os anciões contando as histórias e compartilhar com o mundo.

— Isso é globalismo de um jeito positivo — disse Luena, outra jovem. — Mostramos ao mundo quem somos, mas também aprendemos a valorizar o que é nosso.

Enquanto isso, os mais velhos também refletiam sobre suas próprias atitudes.

— Talvez tenhamos nos fechado demais — admitiu Mama Fatou. — Não é que os jovens não se importem; talvez nós não tenhamos sabido convidá-los para ouvir.

Na próxima reunião ao redor da fogueira, Ousmane propôs algo diferente:

— Vamos criar um "Diálogo das Gerações". Jovens e velhos juntos, aprendendo uns com os outros.

As discussões se tornaram mais frequentes e mais profundas. Questionavam o impacto do consumo de produtos estrangeiros e como isso moldava sua identidade.

— Quando compramos uma ideia sem refletir, nos tornamos prisioneiros dela — disse Amadu durante um desses encontros. — Precisamos ser seletivos, consumir o que nos ajuda a crescer sem esquecer quem somos.

Com o tempo, a vila se tornou um exemplo para outras comunidades. Um local onde o novo e a tradição não eram inimigas, mas aliadas na construção de um futuro mais consciente.

E toda noite, ao redor da fogueira, as vozes continuavam. Cada vez mais ricas, cada vez mais vibrantes, cada vez mais unidas.

# PARTE SEIS

**A Liberdade entre Sombras e Pertencimento**

## 27. O BANQUETE DAS CORRENTES

*Uma liberdade que brilha como ouro,*
*mas pesa como ferro*

Na penumbra de um salão opulento, iluminado por candelabros importados e sombras de uma história mal contada, os novos senhores da terra se reúnem em torno de uma mesa vasta. Chama-se independência o que se celebra, mas no coração da festa repousa um trono vazio, um silêncio denso, e um som que sussurra: "Ainda somos escravos do ontem.".

— Um brinde à liberdade conquistada! — exclamou o presidente Makumbe, erguendo sua taça de cristal. Sua voz ecoou pelo salão, arrancando aplausos hesitantes. Ele vestia um terno italiano sob medida, mas seu olhar denunciava algo entre o orgulho e a inquietação.

O general Kabeya, sentado à direita de Makumbe, sorriu de lado. Sua voz grave cortou o ambiente.

— Liberdade? Conquistamos uma ilusão dourada, senhor presidente. As correntes ainda nos prendem, apenas foram polidas.

A tensão pairou no ar, mas foi rapidamente diluída pela risada estridente do embaixador Beaumont, que representava uma antiga potência colonizadora. Ele segurava um charuto na mão e parecia alheio às críticas sutilmente direcionadas ao seu país.

— Ora, general! Não seja tão dramático. Hoje é um dia para celebrar. Afinal, olhem ao redor: um banquete tão grandioso quanto qualquer salão europeu! Vocês deveriam estar orgulhosos.

Sua voz era doce, mas o veneno estava ali, escondido entre as palavras.

Makumbe pigarreou, desconfortável.

— Beaumont tem razão. Nosso povo precisa de esperança. Hoje é sobre mostrar ao mundo que somos capazes.

Lá fora, nas ruas cobertas de poeira, a realidade era outra. No escuro, junto a uma janela aberta, um jovem chamado Kaleb ouvia os ecos do salão. Ele não tinha o direito de entrar, mas seu coração estava preso àquele espaço que parecia pertencer a outro mundo.

— Eles dançam lá dentro enquanto nós lutamos aqui fora — Resmungou Kaleb, voltando-se para sua amiga Akila, uma garota de olhar feroz que segurava uma trouxa de tecidos que vendera o dia todo no mercado.

— Não é nossa festa, Kaleb. Nunca foi. Eles falam de liberdade, mas ainda carregamos o peso de suas promessas. E sabe o que é pior? A liberdade que celebram é uma gaiola dourada.

Dentro do salão, a conversa continuava. A ministra cultural Nyasha, uma mulher de postura elegante, mas com um olhar carregado de memórias, tomou a palavra.

— Presidente, é belo o discurso de progresso. Mas me diga, de que progresso falamos quando o idioma de nossa própria mãe é proibido nas escolas? Quando nossos jovens sonham em sair daqui, ao invés de construir aqui?

Makumbe estreitou os olhos, mas não respondeu de imediato. Foi interrompido pelo embaixador Chin Lee, que observava tudo com um sorriso enigmático.

— O progresso é um jogo complexo, minha cara Nyasha. Vocês precisam de parcerias, de alianças. O mundo moderno não é lugar para isolamento.

Kabeya riu, amargo.

— Parcerias? Ou novos senhores? Basta olhar os contratos assinados. Liberdade, dizem... Mas a quem pertencem os campos, as minas? Certamente não ao povo.

O silêncio caiu novamente. Nyasha olhou para Makumbe, esperando sua resposta. Antes que ele pudesse falar, a porta do salão se abriu, revelando uma mulher de idade avançada. Era Mãe Adebayo, uma figura conhecida na comunidade, mas sempre ignorada pelos poderosos.

— Vocês falam de liberdade, mas esquecem que ela vem com raízes. Quem rega essas raízes? Quem cuida delas? — Sua voz era forte, apesar da idade. — Enquanto vocês brindam, o povo canta nas ruas, mas não é canção de alegria. É um canto de luto.

Beaumont a olhou com surpresa, mas Nyasha sorriu ligeiramente, como quem vê uma velha amiga.

— E o que sugere, Mãe Adebayo? Que abandonemos o banquete e voltemos às choças? — provocou o embaixador.

Mãe Adebayo se aproximou da mesa, apoiando-se em seu cajado.

— Não falo de voltar. Falo de lembrar. Vocês esqueceram o que significa pertencer a esta terra. E quem esquece de onde veio, jamais saberá para onde vai.

Makumbe, visivelmente abalado, pediu que a mulher fosse retirada. Mas antes que os guardas pudessem agir, Nyasha interveio.

— Deixe-a falar, presidente. Talvez sua sabedoria nos ensine mais do que qualquer discurso ensaiado.

Lá fora, Kaleb e Akila ouviram a voz de Mãe Adebayo repercutir pelo salão.

— A verdadeira liberdade não se encontra em taças de cristal ou contratos estrangeiros. Ela vive nos campos, nas mãos calejadas, nas canções que carregam as histórias de nosso povo. Mas vocês não as ouvem porque a modernidade os ensurdeceu.

Enquanto o salão mergulhava em silêncio, do lado de fora, o povo começava a se reunir. Pequenas chamas surgiram nas ruas, onde homens, mulheres e crianças cantavam em voz baixa, mas firme. Kaleb segurou a mão de Akila e disse em voz baixa:

— Talvez a verdadeira festa esteja aqui fora.

E assim, entre as sombras de um banquete e a luz das chamas nas ruas, dois mundos se confrontavam: o da ilusão dourada e o da esperança viva. A batalha pela verdadeira liberdade estava apenas começando.

## 28. A MÚSICA DA GRADE E A LUZ DO IMAGINÁRIO

*As grades invisíveis aprisionam;*
*a imaginação ilumina a fuga.*

Era um som que ninguém conseguia nomear. Não era um grito, mas parecia um eco. Não era um suspiro, mas se sentia como o peso de um pensamento não dito. Nas ruas, entre o silêncio de pessoas tão ocupadas em se mover, esse som segredava nas fissuras do ar, nas frestas da realidade. Como se tudo fosse uma dança sem música, na qual os corpos se movem, mas os passos são os mesmos, apenas disfarçados pelo ritmo daquilo que todos chamam de progresso.

— Você ouviu isso? — perguntou Lueji, apertando o casaco contra o corpo. Ela e Bakari caminhavam pela avenida iluminada pelas vitrines.

— Ouvi o quê? — Bakari respondeu distraído, seus olhos presos em um outdoor luminoso anunciando um novo empreendimento.

— Esse som, é como... um pensamento tentando se formar. Como se a cidade inteira estivesse tentando dizer algo — disse Lueji.

Bakari olhou para ela por um instante, franzindo a testa.

— Talvez seja a nossa própria mente, tentando encontrar sentido em tudo isso.

Se você olhasse para o horizonte, não veria o abismo. Não haveria desespero. Ao contrário, tudo parecia brilhar, cintilar, como um grande feixe de luz a chamar para um lugar onde os sonhos são grandes e as possibilidades infinitas. Mas se você prestasse atenção – não com os olhos, mas com algo mais fundo, mais sutil – poderia perceber que essa luz não é luz, é apenas um reflexo daquilo que já se conhece. E o reflexo, embora intenso, nunca revela o original.

— Você já reparou como essas luzes não têm fim? — Lueji comentou, apontando para o horizonte.

— Não é para termos fim, é para nos distrairmos — Bakari respondeu. — E seguimos em frente, sempre atraídos pelo próximo brilho.

Lueji parou, encarando-o.

— Mas o que acontece quando chegamos lá? E se não houver nada?

Bakari suspirou, olhando para o chão.

— Talvez seja isso. O vazio que a gente não quer enxergar.

Na grande caverna do mundo, todos são sombras dançando, imersos em um espetáculo no qual a verdade nunca se vê. A luz que os conduz, os encantos do progresso, são feitas de fios tão finos e invisíveis que ninguém vê. E é isso que torna a liberdade tão sedutora: ela se esconde nas formas do possível, mas é apenas uma forma. Não passa de uma ilusão bem costurada, como uma tapeçaria de palavras e ideias que se repetem sem que se perceba a trama por trás delas.

— Você acha que somos livres? — Lueji perguntou, quase como um desafio.

Bakari hesitou antes de responder.

— Livres para seguir o que nos dizem ser liberdade. Mas e você? Acredita nisso?

Lueji respondeu:

— Não sei mais no que acreditar. Talvez a liberdade seja apenas uma ideia bonita. Algo que nos empurram para que não questionemos as grades.

— Olha ao nosso redor, Lueji — disse Bakari. — Esse lugar parece inteiro, mas é uma ilusão. Como um espelho rachado.

— E se conseguirmos juntar os pedaços? — ela sugeriu, com um brilho de esperança nos olhos.

— Juntar pedaços não muda o que eles são. Apenas cria outro reflexo distorcido — Bakari respondeu.

O grande espelho que reflete o mundo está, na verdade, quebrado. Cada pedaço reflete uma versão do mesmo, mas não há clareza no reflexo. Cada pedaço é apenas mais uma tentativa de achar um caminho, sem saber se ele existe, ou se o que se busca já foi esquecido há muito tempo. O olhar sobre o futuro, brilhante e radiante, não é mais que um farol – mas de um navio perdido no oceano.

A liberdade, dizem, é um dom da razão. Ela é feita de luz, como as estrelas que decoram a noite. Mas, na verdade, a liberdade é uma prisão vestida de ouro. E as correntes são tão leves que ninguém as sente. Porque, no fim, a verdadeira prisão não está em cercas, mas no olhar que se acostumou a ver o mundo de uma maneira só, sem questionar o que está por trás das cortinas. O som que ninguém nomeia é, na verdade, o som do fechamento das portas – portas que você não sabe que estão lá até que não possa mais sair.

— Você sente as correntes? — Lueji perguntou.

Bakari balançou a cabeça, rindo baixo.

— Só quando tento me mover de verdade. Quando tento pensar diferente. Aí elas ficam mais apertadas.

— Então talvez seja isso... Talvez liberdade não seja a ausência de correntes, mas saber que elas estão lá. E tentar quebrá-las mesmo assim — Lueji explicou.

E assim, seguimos, todos juntos, como se fosse um grande coro. O grande sonho de uma sociedade que, ao se ver, se orgulha de seu reflexo. Mas o que ela não sabe é que, ao olhar para si mesma, não vê nada além de uma imagem que foi moldada, polida e passada de mão em mão. A liberdade está lá, ou ao menos dizem que está. Mas será que ela existe, ou foi apenas mais uma invenção para que o olhar não enxergasse o vazio por trás da cortina?

— Então continuamos dançando, mesmo sem saber o porquê? — Lueji perguntou.

Bakari olhou para ela, com um meio sorriso.

— Talvez a resposta não esteja na dança, mas no momento em que paramos de seguir o ritmo. Quando criamos o nosso próprio compasso.

As palavras mais brilhantes são as que ninguém sabe dizer. São aquelas que ficam guardadas, que se prendem nos rostos, nos gestos, nos sorrisos forçados. E o progresso, esse grande sonho que todos carregam como um escudo, não é mais que um reflexo de algo que nunca chegou a ser real. O avanço não é avanço – é apenas o movimento de uma dança na qual todos acreditam que o compasso foi dado por suas próprias mãos.

E aí está a ironia: as grades, invisíveis como um ar que se respira sem perceber, são o que nos mantém em movimento. Mas estamos tão acostumados a essa música que, ao final, achamos que estamos livres. E, no entanto, é ela, a música, que nos dita o ritmo. Os passos são nossos, mas os movimentos, esses, são impostos.

E, por fim, quando olhamos para o que fomos e para o que nos tornamos, nos perguntamos: quem somos realmente? Somos os ecoadores de uma liberdade que nunca foi dada? Somos sombras daquilo que um dia sonhamos ser? O som que ninguém nomeia... é ele o grito da nossa alma pedindo para ser ouvida?

O brilho da luz, a dança das sombras, a melodia da prisão... Tudo se entrelaça nesse teatro. E ninguém se pergunta quem está no palco. Pois, no fim, a peça já foi escrita há muito tempo. E todos, em seu papel, continuam dançando para uma plateia que não existe.

## 29. A ESSÊNCIA DA LIBERDADE

*Liberdade não é um destino;
é a jornada de todos os povos e espíritos.*

Quando se fala de liberdade, se fala de um desejo insaciável, de um rio que nunca encontra o mar. A liberdade é uma palavra solta, que, embora tenha o peso de um mundo, nunca se anexa a um único corpo. Mas qual é o valor da liberdade se ela é falada sem compreensão? O que é ser livre, se a própria palavra que busca a liberdade já foi pensada por outros, para outros? Se as palavras de liberdade estão carregadas de ecos que não pertencem ao solo onde são pronunciadas?

Na praça de uma cidade qualquer, onde o tempo parece mais suspenso que em qualquer outro lugar, o encontro entre três mulheres foi como uma sinfonia invisível. O vento, curioso e impassível, entrelaçava-se com os cicios da terra e do concreto, enquanto o horizonte se despedia da luz da tarde. Uma mulher de pele clara e olhos azuis como o reflexo das águas do oceano, Helena, caminhava apressada, com suas ideias sempre à frente de seus passos, sem notar as múltiplas camadas do mundo ao seu redor. Ela tinha em seus olhos a firmeza de quem carrega uma missão — uma missão que não sabia que precisava ser repensada.

Ao cruzar com Aduke, uma mulher africana do povo Iorubá que estava sentada sob a sombra de uma grande árvore, e Zuri, do grupo Swahili, que, de longe, observava tudo com um sorriso imperturbável, algo começou a acontecer no ar. Helena, com sua postura imposta pela confiança que o mundo ocidental lhe conferia, logo fez uma pergunta, sem perceber que ela própria já carregava as respostas que buscava.

— Você não sente que isso, esse pano que cobre seu corpo, é uma prisão? Como pode viver assim, sem mostrar quem é? — perguntou, com uma voz que queria ser de compaixão, mas soava mais como um julgamento disfarçado.

Aduke olhou para ela, com um olhar que parecia ver mais do que os olhos permitiam ver. O pano que cobria seu corpo, tradicional e robusto, não era uma prisão, mas um elo com a terra, com as raízes que percorriam sua linhagem. Ela tocou suavemente o tecido, como quem acaricia a própria história, e respondeu:

— Você vê o pano, mas não vê os fios que o entrelaçam com a terra onde nasci. Você chama isso de prisão, mas a liberdade que você conhece é apenas uma sombra do que eu sou. Eu não preciso me exibir ao mundo para ser livre. A liberdade é interna, e não está nas minhas roupas, mas no que sou capaz de ser, com ou sem o pano. Minha identidade, Helena, não se define pela forma que escolho vestir-me, mas pela forma como vivo e respiro minha cultura, meus valores, e o que me foi legado pelas minhas ancestrais.

Aquelas palavras, simples, mas imponentes, reverberaram no ar. Helena sentiu, pela primeira vez, uma espécie de descompasso em seu pensamento. A liberdade que ela achava tão óbvia não era a única, e certamente não era universal. Aduke continuou, com uma calma que cortava a angústia que crescia em Helena.

— O pano que você vê como opressão é apenas o que me conecta com a minha história. E isso é algo que você não pode compreender apenas olhando de fora.

Antes que Helena pudesse refutar, Zuri, que observava tudo com um sorriso sereno, falou, com a voz baixa, mas imponente:

— A opressão, minha amiga, não é o que você imagina. E a luta que você defende, com tanto ardor, não é a mesma luta que nós travamos. Você luta para ser visível, para ser reconhecida, e para que o mundo veja você como uma igual. Mas a nossa luta não é sobre visibilidade externa, é sobre respeitar a nossa essência, a nossa integridade.

Zuri fez uma pausa. O silêncio se instalou, como se os invisíveis, os mortos e os esquecidos estivessem presentes naquele momento. Ela então continuou:

— A nossa luta não é uma luta de rostos e nomes, mas de almas que se erguem das cinzas de um passado que nunca nos deixou. A nossa luta não é para ocupar um espaço na mesa dos que nos subjugaram, mas para reconstruir as terras que nos foram arrancadas, para restaurar o equilíbrio que foi quebrado quando o céu sobre nossas cabeças foi manchado pela fumaça das armas coloniais. Não é sobre ser reconhecida por quem não nos entende. A nossa luta é por ser, sem precisar explicar.

Concordando com Zuri, Aduke levantou a cabeça, seus olhos queimando com a mesma intensidade. Ela falou com a força de quem carrega uma memória ancestral em cada palavra:

— A luta, minha irmã, é pela recuperação da nossa integridade espiritual, pela devolução da nossa humanidade, aquela que nos foi arrancada nas longas noites de escravidão, nas fraturas do colonialismo, na violência do racismo. Não se trata de ser visível, como vocês buscam ser. Não buscamos ser reconhecidas pelos olhos de quem nos oprimiu. A nossa luta é para sermos nós mesmas, em toda a nossa complexidade, em toda a nossa beleza, em toda a nossa dignidade.

Aduke fez uma pausa, deixando o peso de suas palavras ressoar, como um batuque repercutindo no silêncio. Então, com a mesma força, continuou:

— A luta é para que nossas crianças não herdem o peso das correntes invisíveis que ainda nos prendem. É para que possamos, finalmente, viver livres da opressão que se disfarça de progresso. Nossa liberdade não pode ser uma promessa distante, mas um grito que ecoe do coração da África até os quatro cantos do mundo.

O olhar de Zuri se fez firme, sua voz carregada com a verdade de séculos de sofrimento e resistência:

— Não buscamos aplausos, não queremos reconhecimento. O que buscamos, Helena, é a verdade que nos foi negada. Buscamos a restituição do que nos foi roubado e a afirmação de nossa humanidade, que sempre foi nossa e jamais deve ser apagada.

Helena, sentindo-se desorientada, virou-se para Zuri.

— Mas como podem aceitar viver sob as leis que, para nós, são claramente injustas? Como podem aceitar a maternidade como um fardo, ou a poligamia como uma forma de opressão? Para nós, essas são questões que precisam ser combatidas!

Zuri a olhou com uma paciência que parecia mais antiga que o próprio tempo.

— Você não entende, Helena, porque você olha para a maternidade como uma prisão, mas para nós, ela é o eixo da nossa existência. A maternidade não nos limita, ela nos fortalece. Nós, as mulheres, somos a base da sociedade, o alicerce sobre o qual se ergue a comunidade. Aqui, ser mãe é ser líder, é ser educadora, é ser a primeira narradora da história. Você vê a maternidade como um fardo, mas para nós, ela é o poder de criar e transformar. É a nossa forma de ocupar o espaço, de comandar o ritmo do mundo.

Helena sentiu o peso das palavras de Zuri como uma rocha sobre seu peito. Ela não sabia mais o que pensar. Sua mente, antes tão segura, agora estava cheia de interrogações. Como poderia ela, com sua visão moldada por um único modo de viver, compreender as complexidades que se desdobravam diante dela?

Aduke, então, falou suavemente:

— Você vê a poligamia como uma opressão, mas o que você não vê é que ela é uma construção de comunidade, de união. O que você chama de imposição, para nós é um pacto de respeito, de cuidado mútuo. Aqui, a poligamia não é sobre dominação masculina, é sobre solidariedade. Em muitas comunidades, onde as mulheres são mais do que os homens, a poligamia garante que todas tenham um lugar, uma família, um lar. O sexo não é o centro, Helena. A união, o cuidado e o respeito são o alicerce.

Ela fez uma pausa, e o vento, como se estivesse escutando, acalmou-se por um instante.

— Em algumas regiões, as mulheres têm mais de um marido. E isso, também, não é sobre subversão, mas sobre equilíbrio. O amor, em nossa terra, não se mede em quantidades de corpos, mas na profundidade das conexões, na extensão do respeito e no compromisso com o outro. Não há opressão, Helena. O que você vê é apenas a superfície. Você precisa cavar mais fundo.

A tarde estava prestes a se despedir, e o sol, suavemente, se deitava atrás das montanhas, tingindo o céu com as cores do fogo. O vento soprava mais calmo, como se quisesse escutar atentamente as palavras que flutuavam entre as árvores, até encontrar seu destino nas orelhas de quem se dispunha a ouvi-las com alma aberta.

Aduke, com sua sabedoria tranquila, falava com firmeza e ternura, e Helena, com os olhos entrecerrados pela dúvida, ouvia cada palavra como uma chave que tentava entender o mistério da fechadura. Zuri, ao lado delas, estava absorta, observando as palavras se entrelaçarem, como uma dança entre culturas.

Foi quando, no horizonte da conversa, uma figura apareceu. Ela caminhava com a leveza das ancestrais, seus passos retumbando como se estivesse pisando sobre as memórias do mundo. O semblante sereno e os olhos de quem já viu muitas coisas, mas não perdeu a paciência com o mundo, aproximaram-se das três mulheres.

A senhora tinha o nome de Adama. Seus cabelos, prateados como a lua cheia, caíam suavemente ao longo de sua coluna, e sua pele, marcada pelas linhas do tempo, refletia o brilho do cosmo. Ela não falou de imediato. Aproximou-se com uma calma de quem já sabia do que se tratava e, com um gesto manso, fez questão de se sentar ao lado delas, sem pressa.

As três mulheres estavam imersas na conversa, e, por um momento, Adama observou o jogo de palavras, o embate silencioso entre mundos diferentes. Então, com a suavidade de quem fala do fundo do coração, ela, finalmente, rompeu o silêncio.

— Não sei se ouviram, minhas filhas, mas essa conversa de vocês é como um fogo que se espalha.

Sua voz era como a brisa que balança as folhas, calmante, mas firme.

— Helena, vocês desqualificam a poligamia africana, chamando-a de adultério ou promiscuidade. Mas talvez, meu amor, o que precisem entender é que o adultério não é o que se vê apenas à superfície, é o que acontece no coração de quem age com desrespeito. Quando a monogamia se transforma em mentira, quando o marido trai a esposa, ou vice-versa, aí sim é que surge a perversidade, não importa o nome que você dê a isso.

A senhora pausou por um instante, olhando as três com um olhar profundo, como quem encara os mistérios da vida e da morte com a mesma reverência.

— A poligamia africana, não é, como pensam, um espaço de exploração. Ela é o que vocês chamariam de aliança, um pacto. E quando o homem e a mulher se unem para cuidar, para repartir o fardo, não se trata de uma hierarquia, mas de uma teia de solidariedade. É a mesma lógica do rio que se divide em muitos ramos, para alimentar toda a floresta. Assim somos nós. Não somos escravizados pelos corpos ou pelos prazeres carnais. Somos movidos pelo espírito da coletividade, da irmandade.

Ela respirou fundo, e seus olhos brilharam, como se algo além do entendimento lógico estivesse ali, em suas palavras.

— Vocês falam muito de liberdade. Mas liberdade não é sinônimo de abandono, de ausência de compromisso. Olhem ao redor, minhas filhas. Em muitos lugares, o que chamam de liberdade é só uma fuga da responsabilidade. E o que vemos em sua terra, não é amor, mas a busca desenfreada por prazer, como se o prazer fosse a única razão para estarmos aqui.

Ela fez uma pausa, os olhos em Helena agora, com um sorriso que não era de julgamento, mas de compreensão.

— O prazer, minha filha, é efêmero. O que permanece é o respeito, a confiança, a solidariedade. Esses são os pilares da união.

A senhora olhou para Zuri, que escutava atentamente, com seus olhos atentos e profundos. E continuou com sua voz suave, mas imponente:

— Sim, em muitas culturas africanas, existe também a monogamia. E em algumas delas, as mulheres também têm mais de um marido. Isso não é uma transgressão das leis naturais. Somos todos iguais, mas com diferentes formas de encontrar harmonia. Não estamos aqui para invalidar o que vocês acreditam, mas para mostrar que, talvez, a verdade não seja só uma, e sim tantas quantas forem as experiências que o coração é capaz de viver.

Ela olhou para o horizonte, e o vento parecia responder com uma calma ainda mais profunda.

— Como disse o velho sábio, tudo o que existe é necessário. Se as nossas culturas se cruzam e trocam ideias, é porque somos parte de um mesmo grande ciclo. O mundo é uma rede, e cada fio, por mais diferente que pareça, tem seu lugar.

Adama se levantou lentamente, como se o peso do tempo fosse parte dela, mas não a limitasse. Ela sorriu uma última vez para as três mulheres, com a doçura de quem já viu o mundo e ainda acredita em sua beleza.

— O caminho de cada um é sagrado, e o respeito por esse caminho é o que nos une. Não há certo ou errado. Apenas diferentes maneiras de caminhar. Que o vento nos guie, e que a paz seja o nosso farol.

E com esses últimos ecos de sabedoria, ela se afastou, seus passos leves e serenos, como uma folha que dança à brisa, sabendo que suas palavras já estavam plantadas no coração das que ficaram.

A conversa, agora, parecia ter adquirido uma nova dimensão. Helena, completamente desorientada, sentou-se no banco ao lado de Aduke e Zuri. O ar ao seu redor parecia ter mudado. As palavras que antes pareciam simples estavam se desdobrando, transformando-se em algo muito maior, mais complexo. Ela percebeu, finalmente, que a luta das mulheres não era uma narrativa linear, uma história única. Não havia um único tipo de liberdade, nem uma forma única de ser mulher.

Zuri, com seu sorriso quieto, acrescentou:

— A sua luta é legítima, Helena, mas ela não é a única. O que você deve entender, no entanto, é que a verdadeira liberdade não está em impor suas crenças sobre os outros, mas em respeitar a diversidade de experiências. A verdadeira luta é por um mundo onde as mulheres, de todas as culturas, possam ser o que quiserem ser, sem precisar seguir o molde que outros desenharam para elas.

Helena permaneceu em silêncio, absorvendo as palavras que não eram fáceis de digerir, mas necessárias para seu crescimento. O vento, então, soprou novamente, e ela sentiu uma leveza, como se o peso de sua visão estreita estivesse se dissipando. Ela sabia que tinha muito a aprender.

Aduke, Zuri e Helena estavam ali, na mesma praça, sob o mesmo céu, mas em mundos que se tocavam de formas que palavras não podiam capturar. E naquele silêncio, algo havia sido transformado.

## 30. A TECER DE INFINITOS

*Makeda entrelaça destinos
onde a liberdade floresce no coletivo.*

Na aldeia onde os dias seguiam o sopro da aura e não o rigor dos ponteiros, uma menina deslizava descalça sobre a pele quente da terra, levando consigo o peso de um nome que não era só seu. A pequena Makeda não pertencia a ninguém, e, ao mesmo tempo, era de todos. Seus passos miúdos percorriam entre árvores ancestrais que a observavam com olhares de folhas e suspiros de brisa, carregando uma sabedoria antiga demais para ser traduzida.

Ali, onde cada dia nascia entrelaçado aos gestos e vozes que uniam a comunidade, Makeda não sabia o que era a solidão. Mesmo quando suas pequenas mãos buscavam outras maiores, sempre encontravam dedos entrelaçando-se nos seus — dedos que não perguntavam de onde vinha, mas apenas a convidavam a seguir.

Naquele mundo sem muros, cada rosto era um espelho, e cada coração, uma extensão do outro. Se uma lágrima caía, ela não era recolhida apenas por quem a derramou, mas por todas as mãos que se estendiam ao redor. Era como se as estrelas tivessem ensinado aos homens que a luz só é possível no plural.

Uma noite, a Lua, de olhos atentos e redondos, inclinou-se para escutar uma conversa que Makeda tinha com o fogo. O fogo, sempre falador, crepitava histórias, e a menina o questionava com uma curiosidade afiada:

— Por que ninguém aqui é órfão?

O fogo, em sua dança de labaredas, sorriu como quem carrega respostas demais para caber em palavras.

— Porque aqui, menina, o sangue não é o que une. É o espírito.

Makeda franziu o cenho, sem entender. Mas o fogo sabia que a compreensão não é uma flor que nasce do esforço imediato. Ela germina, lenta, na terra do tempo.

E assim, Makeda cresceu como crescem as árvores — de raízes na comunidade e galhos que tocavam o céu. Sua vida era feita de mãos que não lhe pertenciam, mas que a moldavam. Quando tropeçava, o solo inteiro parecia inclinar-se para ampará-la. Quando ria, o som de sua alegria percorria os cantos mais sombrios da aldeia, como se a própria terra sorrisse.

Os anciãos, com suas costas arqueadas e vozes cheias de pó das eras, diziam que as crianças eram a herança das estrelas, entregues à aldeia para serem cuidadas até que encontrassem o caminho de volta ao firmamento. Era por isso, diziam eles, que os pequenos nunca pertenciam a uma única pessoa. Porque o universo não é monopólio de ninguém.

Mas nem todos compreendiam. Havia um grupo de viajantes, de terras distantes, que ao passarem pela aldeia, franziram o nariz. Seus olhos, acostumados a medir o valor de tudo, olharam para Makeda e viram nela apenas uma menina sem pais.

— Quem cuida dela? — perguntou um dos homens, sua voz carregada de dúvida.

Os aldeões apenas sorriram. Não responderam. Como explicar a alguém que só vê o mundo em cercas e propriedades que Makeda era uma filha do todo?

Naquela noite, a Lua, ainda observando, inclinou-se novamente, como quem deseja falar. Suas palavras, cochichadas ao vento, desceram sobre a aldeia:

— Eles nunca entenderão. Estão presos à ideia de que cuidar é um ato que exige posse. Aqui, vocês sabem que é liberdade.

O fogo, que ouvia tudo, riu baixinho. E Makeda, agora jovem, dançava entre as chamas, ouvindo as histórias que não eram dela, mas que, de algum modo, sempre haviam sido.

Uma tarde, enquanto Makeda descansava sob a grande árvore do centro da aldeia, surgiram outros viajantes. Entre eles, estava Margaret, uma jovem que observava tudo em silêncio, com olhos inquietos e uma mochila cheia de mapas. Intrigada pela serenidade de Makeda, Margaret perguntou:

— Você não sente falta de saber quem é sua família verdadeira?

Makeda abriu um sorriso suave.

— Família é quem segura sua mão quando você cai, é quem divide o pouco que tem e ouve suas histórias. Aqui, eu tenho tudo isso. E você, Margaret? Para onde seus mapas te levam?

Margaret hesitou, como se as palavras de Makeda tivessem desfeito as linhas que traçavam suas certezas. Enquanto isso, Matumona, um dos anciãos, aproximou-se e ofereceu água aos viajantes, iniciando uma conversa sobre as estrelas e como cada uma tinha seu papel no céu.

Com o passar dos dias, os viajantes foram se integrando à rotina da aldeia. Margaret ajudava Makeda a colher frutas, enquanto ouvia sobre as tradições do lugar. Um laço começava a se formar entre elas, feito de curiosidade e respeito. Juntos, os aldeões e os viajantes aprenderam que algumas coisas só podem ser compreendidas quando vividas, e que, muitas vezes, é preciso desaprender para realmente entender.

E o vento, cúmplice do cosmos, levava essa história para outros cantos do mundo, esperando que, em algum lugar, alguém ousasse ouvir.

## 31. O LIVRO ESCRITO EM SANGUE

*Uma memória dolorosa que,
ao ser reconhecida, transforma o futuro.*

Dizem que o tempo cura tudo, mas na memória da terra, algumas cicatrizes nunca fecham. Na grande biblioteca do mundo, há um livro cujas páginas não foram feitas de papel, mas de pele. Não é um livro que se lê com os olhos, mas com o peso da consciência. Escrito em línguas que o silêncio traduziu, ele guarda a história de uma cor que se tornou alvo.

Certa vez, numa sala invisível na qual o Destino e a História jogavam xadrez, entrou a Consciência, pálida e cansada.

— O que discutem desta vez? — perguntou ela, sua voz ressoando como uma prece não ouvida.

O Destino deu de ombros, movendo uma peça no tabuleiro.

— Apenas decidindo para onde o sofrimento deve ir.

A História riu, amarga.

— Para onde sempre foi. Para aqueles cujos nomes nunca foram escritos com tinta, mas com grilhões.

A Consciência se aproximou e tocou o tabuleiro.

— E se mudássemos as regras?

A História ergueu o olhar, seus olhos negros brilhando como carvão incandescente.

— Regras? Não há regras aqui. Apenas fatos. E os fatos são que o mundo foi dividido antes mesmo de ser desenhado.

Foi então que o Livro falou. Deitado sobre a mesa, ele abriu suas páginas sozinho, e delas escorreu uma melodia triste, feita de ritmos distantes e correntes arrastadas pelo vento. As palavras não eram mais apenas letras; eram vozes, gritos abafados que ressoavam em cada curva da página, em cada dobra de pele que se formara ao longo do tempo.

O Destino olhou para o Livro com desconfiança.

— Tu, que foste escrito pela dor, que me mostras? O que ainda pode ser dito que já não tenha sido consumido?

A História sorriu, uma expressão que não conhecia compaixão.

— O que este livro carrega, não é mais um relato de eventos, mas um retrato de um abismo. Ele não fala do que foi feito, mas do que nunca teve chance de ser.

A Consciência não se moveu. Seus olhos estavam fixos nas palavras que escorriam do Livro como lágrimas secas, mas era impossível ignorar a gravidade daquele olhar.

— Então, o que vocês chamam de destino, é apenas um reflexo de um grito que nunca parou de ser ouvido?

Sua voz tremia com a tensão de saber que a resposta já estava ali, diante dela, mas ainda não podia tocá-la.

O Livro, como se tivesse vida própria, folheou suas páginas mais rapidamente. Cada página desfiava-se, como um suspiro que carregava segredos imortais, e no final, ele parou. Ali, onde o sangue ainda pulsava nas veias da narrativa, o texto se formou, não mais com palavras, mas com o sofrimento. Não havia mais voz, só o silêncio pesado que descia como uma neblina impenetrável.

— Você conhece a cor da dor? — O Livro falou em segredo, e suas palavras não estavam mais direcionadas a ninguém em particular. — Quando a pele é marcada, quando o espírito se curva, quando o grito é engolido pela noite... a cor da dor não é mais vermelha. Não é mais uma cor que o olho pode ver. Ela é a cor da alma que foi apagada.

A Consciência estremeceu. Algo em seu interior, algo que ela nunca soubera ser possível, se mexeu, como uma semente enterrada esperando pela luz. O Destino olhou para ela, mas não era mais uma observadora. Ela estava ali, viva, sentindo o peso das páginas.

— O que está acontecendo? — O Destino perguntou, sua voz um fio de medo que raramente se ouvia.

A História apenas observava, suas palavras agora completamente silenciadas pela magnitude do que acontecia.

O Livro fechou suas páginas, como se tivesse dito tudo o que precisava dizer. Mas a história que ele contava não se extinguiu com o som do fechamento. Ela reverberou no coração da Consciência, que, pela primeira vez, sentiu a dor não como uma recordação distante, mas como uma presença viva.

— O que aconteceu aqui? — A Consciência discorreu para si mesma, seus dedos tocando a superfície do Livro, sentindo a textura daquilo que fora escrito em sangue.

O Livro, agora fechado e silencioso, parecia ser o único a saber a resposta.

— A dor não é apenas lembrança — ele suspirou, embora sua voz estivesse agora mais distante. — Ela é o que restou quando o tempo tentou apagar. E, assim como o sangue, ela se mantém fluida, transformando a pele, mas nunca realmente partindo.

E então, no silêncio absoluto que seguiu, a Consciência entendeu o que precisava fazer. Ela não poderia mais ser apenas espectadora. Ela se levantou, suas mãos agora com uma força renovada. O jogo de xadrez, entre o Destino e a História, havia acabado. A partida fora vencida pela voz que nunca foi ouvida, pela dor que nunca foi sanada.

Ela pegou o Livro. E, com um gesto, começou a escrever sua própria história. Não mais com palavras, mas com o poder de sua consciência, de sua memória, de sua vontade. Ela não permitiria que o sangue fosse esquecido. Não enquanto pudesse escrever.

E, com isso, ela iniciou a revolução silenciosa de todas as vozes que, um dia, haviam sido silenciadas.

# EPÍLOGO

O que está diante de nós não é apenas a memória de um continente, mas a pulsação de um espírito que nunca se deixou apagar. As histórias contadas aqui não pertencem ao passado, pois elas vivem nos ventos que atravessam oceanos, nos ritmos que refletem em corpos dispersos pelo mundo, e nos sonhos de um amanhã em que todas as raízes sejam finalmente libertas.

As vozes silenciadas e esquecidas, encontram neste espaço um renascimento. Elas nos lembram que a liberdade não é um destino, mas um caminho; não é um presente concedido, mas uma conquista forjada com sacrifício, união e esperança. Cada conto aqui é uma batida do coração de um povo que se recusa a ser esquecido, uma chama que atravessa séculos e territórios, iluminando os caminhos escuros da opressão com a luz da resistência.

A África de ontem, antes que fosse violada pela ganância e pela violência, não é apenas um retrato de saudade, mas um convite à reconstrução. Não se trata de retornar ao que foi, mas de reimaginar o que pode ser, guiados pela força das raízes que jamais se quebraram. A diáspora é a prova viva de que essas raízes, mesmo transplantadas, continuam a crescer, florescendo em terras distantes, mas sempre conectadas à sua origem.

E assim, encerramos este ciclo sabendo que ele não se fecha por completo. Cada página virada é um chamado para o leitor: o que você fará com essas histórias? Como você cuidará das sementes que elas plantaram em seu coração? Pois o que se conta aqui não é apenas sobre resistência; é sobre a possibilidade de um mundo onde todas as vozes sejam ouvidas, onde a humanidade reconheça que a verdadeira liberdade está na diversidade, na justiça e no respeito mútuo.

Raízes de liberdade nunca deixam de crescer. Que estas histórias sejam o solo fértil para que novas lutas sejam vencidas, novas alianças sejam formadas, e novos cantos de união se elevem ao céu. Pois, enquanto houver quem sonhe, quem lute e quem ame, a liberdade será eterna.

# AGRADECIMENTOS

Cada livro nasce de um ventre invisível, tecido em silêncios, dores e encantamentos. Este não veio só das minhas mãos, mas das mãos de muitos, vivas ou ancestrais, que me ergueram quando eu era apenas um sopro de memória querendo ser palavra.

Em primeiro lugar, agradeço à Nzambi-a-mpungo, pela força e proteção.

Agradeço à minha família, raiz profunda que me sustenta mesmo quando o vento açoita. Nos seus gestos, vi espelhos da resistência africana: na firmeza dos olhos da minha mãe, na palavra suada de meus pais, na esperança costurada nos abraços que me fizeram continuar.

Aos amigos e amigas que caminharam comigo pelas veredas da existência, nos dias de sol e nas madrugadas frias: cada conversa, cada silêncio compartilhado, foi semente lançada no solo fértil deste livro.

Em especial, minha gratidão ao Professor Doutor Carlos Frederico Marés de Souza Filho. Ele não foi apenas leitor, foi clarão em meio à névoa, foi bússola quando a dúvida me desorientava, foi ponte entre o que eu escrevia em silêncio e o mundo que precisava ouvir. Foi ele quem, com olhar atento de quem sabe reconhecer a ancestralidade nas entrelinhas, viu nos meus contos não apenas histórias, mas vestígios de um povo que canta mesmo sangrando. Com suas palavras generosas, ele me entregou coragem, a coragem de existir na escrita, de ocupar o papel, de me fazer raiz também no papel impresso. Levou-me à editora como quem leva um tambor sagrado ao centro da aldeia, e disse, sem dizer: "deixa o mundo te escutar."

Agradeço também à luminosa Juliana Bertholdi, cujo nome carrego com ternura e reverência. Ela me acolheu não apenas em sua casa, mas em sua história. Foi abrigo quando tudo parecia ruína. Foi abraço quando o corpo exausto só conhecia a ausência. Em Curitiba, distante das minhas origens, ela se fez pátria: foi o território afetivo onde floresci em meio ao concreto. E foi ela quem, com a simplicidade de quem ama sem pedir retorno, me ofereceu o computador com que escrevi estas páginas, não como quem entrega um objeto, mas como quem planta uma esperança. Esse gesto, tão pequeno aos olhos de muitos, foi para mim um gesto revolucionário: ela me devolveu a palavra quando eu já quase a havia perdido.

À equipe que acolheu este livro como quem segura um vaso de barro ancestral, meu sincero agradecimento. Vocês não publicaram apenas um texto, vocês libertaram vozes antigas, preservaram um canto que vem de longe. Obrigado por acreditarem que essa escrita carregava um coração batendo entre linhas.

E a Frede Tizzot, que teceu a capa com olhos de artista e alma de griot: sua criação não é apenas imagem, é portão sagrado por onde o leitor entra, é tecido visual onde minha palavra encontrou sua casa.

E, por fim, agradeço a todas e todos, aos que me leram, me ouviram, me tocaram com olhos de afeto ou silêncio de respeito. Esta obra é oferenda. Feita com suor, sonho e memória. Que ela alcance as mãos certas, os corações abertos, e, como raiz em solo fértil, floresça.

# GLOSSÁRIO

**Amahle**: Nome de origem zulu que significa "os belos" ou "aquela que é bela". No conto, simboliza a conexão espiritual e o respeito pelos espíritos da natureza.

**Ancestralidade**: Conexão espiritual e cultural com os antepassados, valorizando suas memórias, tradições e ensinamentos como parte essencial da identidade e sabedoria de um povo.

**Anglus Saxe**: Usado no conto como metáfora, personifica a colonização inglesa, com seu império expansivo e sua cultura anglo-saxã, que se espalhou pelo mundo, muitas vezes através de dominação militar e política.

**Asantewaa**: Referência a Yaa Asantewaa, uma figura histórica e líder da resistência contra a colonização britânica na atual Gana; no conto, ela simboliza sabedoria e liderança comunitária.

**Autoridades Tradicionais**: Referem-se a líderes locais ou figuras de poder que desempenham papéis centrais nas comunidades, baseando sua autoridade em tradições, costumes e sistemas de governança antigos.

**Baba**: Palavra em suaíli que significa "pai" ou "ancião", usada para se referir ao contador de histórias e guardião das tradições.

**Batuques**: Formas tradicionais de expressão rítmica realizadas com instrumentos de percussão, como tambores e outros instrumentos de impacto, e têm uma função crucial em diversos contextos culturais, como celebrações, rituais religiosos, cerimônias de passagem e festividades comunitárias.

**Buen Vivir:** Filosofia indígena latino-americana que significa "viver bem", priorizando equilíbrio, harmonia com a natureza e bem-estar coletivo.

**Canções rituais:** Melodias usadas em contextos cerimoniais para honrar os espíritos e fortalecer a conexão com a terra.

**Ciclo da vida:** Conceito que refere-se à interdependência de todas as formas de vida na natureza, destacado como fundamental para a sustentabilidade no conto.

**Cosmos:** É um termo usado para se referir ao universo como um todo, especialmente quando visto como um sistema ordenado e harmonioso

**Cuia:** Utensílio importante no dia-a-dia dos povos indígenas: seja para carregar ou armazenar alimentos ou até mesmo fazendo as vezes de colher ou copo, ela é um objeto leve e de diversos formatos e tamanhos.

**Direitos socioambientais:** Conceito contemporâneo que combina direitos humanos e preservação ambiental, defendendo o equilíbrio entre desenvolvimento social e sustentabilidade.

**Espiral do tempo:** Conceito metafórico que descreve o tempo como um movimento cíclico, onde passado, presente e futuro coexistem e se interligam, em oposição à visão linear ocidental.

**Grilhões:** Refere-se a correntes ou algemas usadas para prender ou restringir o movimento de uma pessoa. Figurativamente, "grilhões" simbolizam qualquer forma de opressão ou restrição à liberdade.

**Guardiões**: Referência às figuras da vila que cuidam e protegem as tradições, a sabedoria ancestral e o equilíbrio com a natureza.

**Harmonia ecológica**: Relaciona-se ao equilíbrio entre os seres humanos e a natureza.

**Hunhu**: É um conceito filosófico africano que enfatiza a importância da comunidade e da humanidade compartilhada. Originário das culturas do sul da África, especialmente entre os povos Shona do Zimbábue, *hunhu* reflete a crença de que a identidade e o valor de um indivíduo estão intrinsecamente ligados ao bem-estar coletivo.

**Imbondeiro**: Uma árvore icônica da África, também conhecida como baobá, frequentemente considerada símbolo de força, resiliência e conexão com a terra.

**Imbuko**: Nome da vila fictícia no conto, representando uma comunidade tradicional africana em harmonia com a natureza.

**Jango**: Em algumas culturas africanas, especialmente nas tradições de Angola, Jango refere-se a um espaço ou lugar onde os líderes tradicionais resolvem disputas e conflitos da comunidade. Não se refere a uma construção física simples, mas a um espaço de poder e resolução dentro das tradições da comunidade.

**Kalahari**: Grande deserto do sul da África, caracterizado por sua biodiversidade única e importância cultural para os povos nativos.

**Kaya** - É utilizado como nome feminino em várias culturas africanas, significando "lar", "casa" ou "descendência" em algumas línguas, como o zulu.

**Kichwa**: Grupo indígena dos Andes e da Amazônia, falantes do idioma quíchua, com tradições profundamente conectadas à terra.

**Kimbala**: Uma comunidade fictícia, mas que evoca o som de algo tradicional ou profundo, como "Kimbo" (aldeia) em línguas bantu.

**Kimbandeiro**: Um kimbandeiro é uma pessoa que manipula as energias espirituais e forças invisíveis, podendo agir como curandeiro ou "feiticeiro".

**Kimpa Vita**: Foi uma profetisa e líder espiritual que buscou restaurar a glória do Reino do Congo e africanizar o cristianismo.

**Koa**: Nome associado à coragem e à força, usado para representar a juventude e a resistência no conto.

**Kota**: É um termo informal utilizado em Angola para se referir a uma pessoa mais velha ou ancião como forma respeitosa de tratamento. O termo deriva do Kimbundu, uma das línguas bantas faladas em Angola, onde "Dikota" significa "o mais velho"

**Kwame**: Nome de origem akan, geralmente dado a meninos nascidos em uma sexta-feira. Aqui, representa um personagem mais inclinado ao diálogo e à dúvida.

**Leopelga Francófono**: Usado no conto como metáfora, une a brutalidade do colonialismo belga (Leopoldo II e o Congo) com o legado do imperialismo francês, onde a imposição das línguas e culturas coloniais são representadas por uma figura que reflete as múltiplas faces da opressão colonial.

**Maasai**: Povo nativo do leste da África, conhecido por suas tradições culturais vibrantes e relação simbiótica com a natureza.

**Makeda**: Nome associado à Rainha de Sabá, figura lendária ligada à realeza africana e sabedoria ancestral.

**Makishi**: Refere-se às máscaras tradicionais utilizadas nas cerimônias de iniciação masculina chamadas "Mukanda", praticadas por diversos grupos étnicos na região central e ocidental da África, em culturas como os Chokwe, especialmente na Zâmbia, Angola e República Democrática do Congo. As máscaras "Makishi" representam espíritos ancestrais e são usadas em rituais, celebrações, bem como em cerimônias para educar e orientar os jovens durante o rito de passagem para a idade adulta.

**Mamba**: Refere-se a serpentes africanas do gênero *Dendroaspis*, conhecidas por serem altamente venenosas. O termo "mamba" deriva do zulu "imamba".

**Mayombe**: Refere-se a uma região montanhosa e uma floresta tropical densa localizada na África Ocidental, abrangendo partes da República Democrática do Congo, Angola (província de Cabinda), República do Congo e Gabão. Essa área é conhecida por sua rica biodiversidade e relevância ecológica.

**Mwana Pwo**: Máscara tradicional da cultura Chokwe, em Angola, usada para representar a beleza feminina, a sabedoria e a força das mulheres. O termo Mwana significa "filho" ou "filha", enquanto Pwo pode se referir a uma figura feminina ancestral ou uma divindade relacionada à fertilidade e ao poder feminino. Assim, Mwana Pwo é uma referência a uma jovem mulher ou a um espírito feminino reverenciado nas cerimônias tradicionais.

**Mwene**: É uma palavra utilizada em diversas línguas bantu para designar líderes ou pessoas de autoridade.

**Ngola**: Título de liderança em antigos reinos de Angola, como o Ndongo.

**Nkisi**: No contexto africano, especialmente nas tradições do Congo, Nkisi refere-se a objetos ou amuletos espirituais que contêm entidades espirituais. Esses objetos são usados em práticas religiosas e rituais para invocar ou comunicar-se com o mundo espiritual.

**Nzinga**: A palavra tem origem nas línguas bantas faladas na região da África Central e Ocidental, particularmente no contexto dos povos que habitam o atual território de Angola e Congo. O termo pode ser interpretado de diferentes formas, dependendo da língua banta, mas é frequentemente associado a significados relacionados à liderança, força ou figuras históricas importantes.

**Ñusta**: Palavra que, em idiomas indígenas andinos, como o quíchua, significa "princesa" ou "jovem mulher".

**Nyoka**: Significa "cobra" ou "serpente" (em swahili). No conto, refere-se ao clã que guarda os rios e exerce um papel simbólico de vigilância e renovação.

**Nyumbani**: Termo em swahili que significa "lar" ou "casa". Utilizado no conto para simbolizar a ancestralidade africana como lugar de pertencimento.

**Onyanga**: Nome tradicional dado à planta Welwitschia mirabilis, encontrada no deserto do Namibe, sul de Angola, símbolo de resistência e longevidade.

**Oshun**: Deusa yorubá associada ao amor, à fertilidade e à água doce. Figura importante na espiritualidade africana e afrodescendente.

**Pachamama**: Deidade da cosmopercepção andina que representa a Mãe Terra, simbolizando fertilidade, abundância e equilíbrio natural.

**Padre Lusófio**: Usado no conto como metáfora, representa a figura do colonizador português, imerso na evangelização e na imposição cultural e linguística da Lusofonia nas ex-colônias.

**Penumbra**: Estado intermediário entre luz e escuridão, usado no conto como metáfora para momentos de transição ou reflexão profunda.

**San**: Povo nativo do sul da África, reconhecido por sua ligação espiritual com a terra e suas tradições de caça e coleta.

**Sanzala**: É uma palavra que geralmente é usada em referência a vilas ou aldeias habitadas por pessoas de origem africana, especialmente em Angola. O termo tem origem no Kimbundu, uma das línguas bantas faladas em Angola, e está relacionado ao conceito de comunidade ou agrupamento habitacional.

**Simão Kimbangu**: Foi um líder religioso angolano e fundador da Igreja Kimbanguista, conhecido por desafiar o cristianismo tradicional, ao combinar suas crenças com elementos africanos e se tornar um símbolo de resistência contra o colonialismo. No conto, é apresentado como Ukana

**Soba**: Na cultura angolana, o soba é o chefe tradicional de uma aldeia ou comunidade. Ele desempenha funções de liderança, resolução de conflitos, organização de eventos comunitários e mediação entre a comunidade e as autoridades governamentais.

**Taita**: Termo respeitoso para um ancião ou líder espiritual em algumas culturas andinas.

**Tala**: Palavra usada para descrever uma maldição ou feitiço. No contexto do conto, representa uma força espiritual ou sobrenatural lançada sobre alguém para causar sofrimento ou danos.

**Tapeçaria:** Processo de entrelaçamento de fios para criar tecidos artísticos ou funcionais. No contexto do conto, representa a construção da memória coletiva.

**Tecelões do instante:** Figura simbólica que representa aqueles que moldam o presente com consciência plena, honrando o momento e conectando-se ao fluxo contínuo do tempo.

**Tumaini:** Significa esperança (em swahili). O termo representa o clã de agricultores, no conto, simbolizando o sustento e a conexão com a terra.

**Ubuntu:** Palavra de origem bantu que expressa a filosofia de vida africana. Traduzido livremente como "Eu sou porque nós somos", Ubuntu reflete a interdependência entre o ser humano, os elementos naturais e espirituais, valorizando a harmonia, a coexistência e o respeito mútuo.

**Umoja:** Significa Unidade (em swahili). Representa o espírito coletivo e a cooperação dos povos.

**Welwitschia mirabilis:** Nome científico colonial da planta Onyanga.

**Yombe:** Grupo étnico que habita principalmente regiões da Zâmbia, República do Congo, República Democrática do Congo e Angola, na África Central.

**Zagaia:** Lança tradicional de origem africana, utilizada principalmente em combate e caça.

**Zawadi:** Nome de origem bantu, comum em algumas culturas da África Central e Oriental, que significa "presente".

## SOBRE O AUTOR

Hermelindo Silvano Chico nascido em Luanda, Angola, é filho de terras que carregam em seu ventre a memória das civilizações antigas e o peso de histórias profundas. Foi nesse berço de culturas e contradições que suas raízes começaram a se formar. Desde cedo, o autor sentiu a força das narrativas que moldam o mundo e das palavras que o sustentam. Doutor em Direito Socioambiental e Sustentabilidade na Pontifícia Universidade Católica do Paraná – PUCPR, Hermelindo encontrou na academia um espaço para unir sua paixão pelo saber com sua vontade de transformar. Atualmente, dedica-se a pesquisas que se debruçam sobre as sociedades tradicionais, explorando a relação entre os povos, seus modos de vida e o direito como um reflexo de suas histórias e necessidades. Para ele, o estudo do direito vai além das leis escritas: é uma jornada filosófica e poética que busca compreender como a humanidade e o ambiente se interligam. Suas pesquisas transcendem o rigor técnico, transformando-se em diálogos com culturas ancestrais e tradições vivas.

Mas antes de ser acadêmico, Hermelindo sempre foi um poeta silencioso, alguém que encontrou nas palavras escritas o que a fala muitas vezes não conseguia alcançar. Desde a adolescência, a escrita foi um refúgio, uma ponte entre pensamento e expressão. Era na solidão da caneta e do papel que suas ideias floresciam, que os silêncios ganhavam voz e os sentimentos se transformavam em versos e reflexões.

Foi esse amor pela palavra que o conduziu a um propósito maior: contar a história africana e da diáspora com uma profundidade de sentimentos, uma reflexão sobre a existência e uma beleza simbólica. Ele escreve para contar histórias que precisam ser ouvidas, para honrar memórias que não podem ser esquecidas. Angola, com suas paisagens vastas e suas histórias intensas, deixou marcas profundas no autor, assim como a África e suas diásporas deixaram raízes indeléveis em sua escrita.

Como pesquisador, Hermelindo Chico questiona; como poeta, ele sente; e como escritor, ele conecta. Seu livro é mais do que uma obra literária: é uma janela para a alma africana, um espaço de encontro entre o passado, o presente e os sonhos que ainda estão por vir. Na capa deste livro, sua biografia se torna um convite para o leitor mergulhar em um mundo onde a palavra é resistência, e a memória, uma ponte para a liberdade. Este livro reflete seu compromisso em transformar conhecimentos acadêmicos em leituras acessíveis e significativas para diversos públicos.

Este livro foi produzido no Laboratório Gráfico
Arte e Letra, com impressão em risografia
e encadernação manual.